http://www.bbulmedia.com

소마 불패

소마불패

1판 1쇄 찍음 2014년 1월 14일
1판 1쇄 펴냄 2014년 1월 17일

지은이 | 성태민
펴낸이 | 정 필
펴낸곳 | 도서출판 **뿔미디어**

편집장 | 이재권
기획 · 편집 | 윤영상
편집디자인 | 이진선

출판등록 | 2002년 9월 11일 (제081-1-132호)
주소 | 경기도 부천시 원미구 상동로 117번길 49(상동) 503호 (우)420-861
전화 | 032)651-6513 / 팩스 032)651-6094
E-mail | bbulmedia@hanmail.net
홈페이지 | http://bbulmedia.com

값 8,000원

ISBN 978-89-6775-995-7 04810
ISBN 978-89-6775-960-5 04810 (세트)

3

소마불패

성태민 퓨전 판타지 소설

목차

제17장

참룡검의 재출두

porte moi wagon enle
moi fregate loin lo
ici la boue est faite
de nos pleurs - est i
vrai parfois que le
triste cœur d'Agath
loin des remords des ...

소마의 외침에 반응하듯 엑셀리온에서 눈부신 빛이 치솟았다.

그동안 부족한 주인 때문에 제 실력 발휘하지 못한 것을 만회하겠다는 듯 한껏 자신을 뽐내는 것이다.

"웬 수작이냐!"

아티펙트라는 것을 본 적 있을 리 없는 노구완은 그런 현상을 사술쯤으로 보고 잔뜩 화가 나 달려들었다.

눈을 현혹시키는 사술이라면 힘으로 눌러 버리면 그만.

"수작은 개뿔!"

문제는 상대가 한낱 사술 따위가 아니라는 것이었지만.

주저 않고 마주쳐 오는 소마를 보며 노구완은 한껏 비웃음을 흘렸다.

지금은 숨죽이고 흩어져 있지만 마교는 또 하나의 중원이라 했다.

힘을 숭상하는 마교에서도 100위 권 안에 드는 마인이라는 것은, 중원 전체를 통틀어도 그를 이길 수 있는 자가 100명을 넘지 못할 거라는 말과 동일하다고 그는 믿고 있었다.

거의 사실이기도 했고.

하지만 그의 핏빛의 권과 엑셀리온이 부딪히는 순간, 그는 난생처음 겪는 끔찍한 경험을 해야 했다.

"크헉?!"

적의 심장에 구멍을 내리라 믿고 뻗어 낸 주먹이 눈앞에서 반으로 갈라지는 광경을 목격한 것이다.

"노야!"

황급히 몸을 틀어 팔 전체가 쪼개지는 상황은 면했지만, 노구완의 눈은 고통과 불신, 그리고 공포로 물들어 있었다.

황급히 그를 부축하고 점혈하는 혈수라들.

고통은 멎었지만 노구완의 표정은 형용할 수 없을 정도로 일그러져 있었다.

"말도 안 돼……."

"……대주, 우리가 지금 꿈을 꾸는 겁니까?"

믿을 수 없는 것은 황룡검대도 마찬가지였다.

노구완이 전력을 다한 것이 아님은 알지만 적어도 팔할 공력은 실렸을 진데, 소마는 아무 거리낌도 없이 그의 팔을 베어 버린 것이다. 그것도 공격에 정면으로 맞서서!

그것은 제대로 붙더라도 소마가 결코 그의 아래가 아니라는 뜻이었다.

"네놈은 대체……!"

전투불능이 된 노구완이 눈빛으로 살인이라도 할 듯 소마를 노려보았지만 정작 일을 벌인 소마는 제법 만족스럽다는 표정으로 엑셀리온을 휘돌릴 뿐 그 엄청난 살기를 덤덤히 받아 낼 뿐이었다.

"영감, 죽일 작정으로 덤빈 거 아니었수?"

"흡."

그러다 순간 돌변한 소마의 살기에 되려 한 걸음 물러선 것은 놀랍게도 노구완 쪽이었다.

수십 년간 마공을 익히고 전장을 굴러 온 그가 이름도 들어 보지 못한 애송이에게 겁을 먹고 물러선 것이다.

"노옴……!"

곧 수치를 깨닫고 마주 살기를 피워 올렸지만 이미 기

세는 기울었다.

"그럼 끝장을 봅시다."

아주 조용히, 그들만 느낄 수 있는 살기를 피우며 걸어오는 소마를 보며, 겉으로 드러나진 않았지만 노구완과 혈수라들의 눈빛에 절망이 어렸다.

방금 전의 한 수로 이미 마음에서부터 패배한 것이다.

강시보다 단단한 혈수라는 검기도 끌어 올리지 않은 검에 곤죽이 되고, 혈천마기를 8성까지 끌어 올린 노구완은 일격에 외팔이가 되고 말았다.

익숙하지 않은 왼손으로 혈천강기를 펼쳐 봤자 10성은커녕 9성 공력이나 끌어 올리면 다행인 상황.

그 정도 공력으로는 조금 전 마주한 소마의 검기를 절대 뚫을 수 없을 터였다.

순간 만감이 교차하는 듯, 빠르게 눈을 굴린 노구완은 소마와 황세령을 잠시 노려보곤 빠르게 물러서며 소리쳤다.

"놈을 막아라!"

그와 동시에, 약속이나 한 듯 아홉의 혈수라가 한 몸처럼 소마에게 달려들었다.

"누가 보내 준대? 소닉 슬러쉬!"

그러나 소마도 그냥 보낼 생각은 없었다.

어느새 혈수라 하나를 두 쪽으로 가르고 뿌려 낸 진공의 칼날은 달아나는 노구완을 빠르게 뒤쫓았다.

"크윽, 혈천폭뢰!"

고수씩이나 돼서 그 맹렬한 기세를 못 느낄 리 없었다.

섬뜩한 기운에 몸을 돌린 그는 진공의 칼날에 못 쓰게 된 오른팔을 내주고 남은 왼팔로는 전력을 다해 혈천강기를 뿌려 냈다.

"젠장!"

소마가 아닌, 멍하니 쫓을 생각도 못하던 황룡검대와 황세령을 향해서였다.

덕분에 이번엔 소마도 경시하지 못했다.

정상적인 상태라면 모를까, 황룡검대가 지금처럼 넋을 놓고 있는 상태에서, 그것도 황세령을 보호하며 그 마기를 감당할 수 없을 게 분명하니 소마 자신이 막아 내야 하는 것이다.

"합!"

"죽어라!"

일시에 힘을 뿜어내 혈수라들을 뿌리치고, 혈천강기를 막아선 소마의 등 뒤로 일곱 개의 검이 일시에 꽂혀 들었다.

"대협!"

"안 돼!"

그 모습에 황룡검대가 아연실색하며 소리쳤다.

그가 죽으면 혈수라와 노구완을 막을 수 있는 사람이 없는 것이다.

터엉!

그러나 잠시 후 들린 것은 어색한 금속음과 예상 못한 신음 소리였다.

"꺼억!"

"끅!"

검을 내지른 것은 혈수라들인데, 한 움큼 피를 토하며 튕겨진 것도 혈수라들인 것이다.

자신이 실었던 힘만큼 소마의 갑옷이 반탄력을 발생시킨 탓이었다.

"쳇, 놓쳤나."

하지만 정작 그들을 튕겨 낸 소마는 그저 노구완이 사라진 방향을 보며 혀를 찰 뿐이었다.

"호, 호신강기?!"

"철정 고수의 검기를 튕겨 내는 호신강기라니……!"

황룡검대는 정신을 차릴 수가 없었다.

혈수라들이야 주인을 지키기 위해, 또 자신의 목숨이 오락가락하기 때문에 사력을 다해 정신을 붙잡고 있는 것이지 이제 구경꾼이 돼 버린 그들은 멍하니 정신을 놓고 눈만 껌벅이는 것이다.

"쓰읍! 모양 빠지게 나한테 칼침을 먹였다, 이거지?"

노구완이 사라진 방향과 공격의 흔적조차 남지 않은 자신의 등 쪽을 번갈아 본 소마의 살기가 이번엔 혈수라들을 향했다.

주인이란 녀석이 사라져 버렸으니 그 졸개에게라도 화풀이를 할 생각이다.

"대, 대협. 목숨은 빼앗지 말아 주세요!"

그때 황세령이 간신히 입을 뗴었다.

조금 전까지 까딱없이 죽을 뻔한 주제에 성녀라고 혈수라들을 걱정하는 것이다.

"하긴, 그래야 무슨 얘기라도 듣겠지."

소마는 전혀 다른 의미로 받아들였지만 말이다.

거기까지 말을 마친 소마는 찬란히 빛나던 엑셀리온의 마법검기를 회수하고 가볍게 다른 주문을 걸었다.

"샤프니스."

검날에 예기를 증폭시키는 보조 주문이었다.

다만 그 대상이 다름 아닌 엑셀리온이라는 것이 문제였지만.

"자, 우리 얘기 좀 해 볼까?"

섬뜩한 미소로 다가오는 소마를 보며 혈수라들은 난생처음 머리털이 서는 공포를 느꼈다.

"어디, 피부가 얼마나 질긴지 보자."

서걱!

마법사스러운 실험 정신에 눈을 빛내며 혈수라들의 팔과 다리를 썰어 가는 소마의 모습은 가히 악귀에 가까웠다.

가공할 만한 예기로 혈수라들의 몸을 단칼에 베어 버리는 것도 놀라웠지만, 산개하여 달아나려는 혈수라들을 따라붙으며 저지하는 그 몸놀림마저 귀신같았다.

"히끅!"

그 학살의 현장을 그저 지켜 볼 수밖에 없는 황룡검대는 딸꾹질이 날 정도로 놀랐다.

"끄으으윽!"

이내 전투 가능한 인원이 셋으로 줄어 버린 혈수라들은 빠르게 눈짓을 교환하더니 몸속 가득 혈천강기를 채워 갔다.

"저, 저건!"

자폭.

자신의 몸을 폭사시켜 소마를 함께 데려가려는 심산이다. 녀석들이 고통스런 신음과 함께 몸을 부풀어 올리자 소마는 심드렁한 표정과 함께 그들을 향해 손바닥을 펼쳤다.

"아더 실드!"

지이잉.

"……?!"

그리고는 그들에게 각각 실드를 펼쳐 폭발 직전의 기운과 함께 가두어 버렸다.

"안 돼……!"

퍼엉!

뒤늦게 뭔가 잘못되었음을 느꼈지만 이미 진행된 폭사를 막을 수는 없었다.

세 명의 혈수라는 일제히 몸이 터져 나가며 시체도 남기지 않고 폭발해 버렸으나, 그 폭발은 실드 속에 갇힌 채 주변에 아무런 피해도 남기지 못했다.

"……."

"……."

압도적인 무위.

같은 절정 고수라고는 하나 혈수라들조차 감당하기 어렵다 생각하던 황룡검대는 한동안 말을 잊은 채 우두커니 제자리에 서 있었다.

"에잉, 성질 급한 놈들이군."

그사이 팔다리를 잘라 행동 불능으로 만들어 놓은 혈수라들을 살피던 소마가 또 다시 혀를 차며 제자리로 돌아왔다.

폭사마저 통하지 않음을 확인한 다른 혈수라들이 스스로의 혈맥을 끊고 자결해 버린 것이다.

덕분에 무언가를 알아낼 수 있는 단서가 모두 사라져 버렸다.

난장판이 된 장내에 남은 것은 열 구의 시체와 팔 한쪽. 어지간한 대문파 몇 개에 해당하는 힘이 사라져 버린 것 치고는 너무도 초라한 현장이었다.

"자, 그럼 들어가서 잠 좀 잡시다. 오늘 밤엔 더 이상 침입할 놈들이 없는 것 같으니."

소마가 별일 아니라는 듯 손을 털며 장원 안으로 들어갔지만 누구도 그를 따라 움직이는 자는 없었다.

"……성녀들은 못 말리겠군, 정말."

죽은 자들을 위해 눈물 흘리며 기도하는 황세령의 모습을 먼발치에서 확인한 소마는 누군가를 떠올리며 쓴웃음을 지었다.

*   *   *

다음 날, 한바탕 소란이 있은 후에도 아무 걱정하지 않고 방으로 들어가 코까지 골며 숙면을 취한 소마는 기지개를 펴고 전각 밖으로 나왔다.

"아함— 어이쿠, 왜들 좀비—Zombi : 시체를 움직이도록 되살린 최하급 언데드—처럼 퀭하니 서 있수?"

그에 반해 밤새 습격을 걱정하며, 또 소마의 정체에 대해 고민하며 뜬 눈으로 밤을 지새운 황룡검대는 좀비마냥 퀭한 모습은 하품하며 나오던 소마가 화들짝 놀랄 정도였다.

운기조식을 통해 어느 정도 피로를 쫓기는 했지만, 머릿속이 복잡한 채로 자칫 운기에 빠졌다가는 주화입마에 들 수 있기에 그들은 지금 얕은 수면 상태에서 밤새 뒤척거린 것이나 마찬가지인 상태인 것이다.

"경비를…… 섰다."

잔뜩 충혈 된 눈으로 혁성이 입을 떼었다.

잔뜩 경계 섞인 눈초리지만 그런 것에 일일이 신경 쓸 소마가 아니다.

"경비?"

소마라고 아무 생각이 없어서 코를 골아 댄 것이 아니었다.

주변에 위협적인 마나가 느껴지지 않았기 때문인데다가

믿는 구석이 있는 것이다.

"쩝. 사서들 고생이군."

소마가 하늘을 향해 슬쩍 손을 올리자 그의 손바닥으로 아무것도 없던 허공에서 손바닥만 한 구슬 하나가 떨어져 내렸다.

바로 알람(Alarm) 마법이 걸린 아티펙트였다.

만일 적의를 품고 다가온 자가 있다면 즉시 주위에 알리고 소마를 깨웠을 불면(不眠)의 경비병.

한마디로 황룡검대는 밤새 삽질을 한 셈이었다.

"그게 뭐지?"

전혀 보지도, 낌새를 차리지도 못했는데 하늘에서 무언가 떨어져 내리다니.

흠칫 몸을 떤 혁성과 황룡검대에게 소마는 굳이 대꾸하지 않고 물었다.

"근데 밥은 안 먹나?"

"……."

대답이 없자 투덜대며 식당을 향해 혼자 가 버리는 소마의 뒷모습을 바라보며 혁성과 황룡검대는 더욱 혼란에 빠졌다.

"저 자식은 대체 정체가 뭐야?"

정말 참룡검이라면 검왕이 보증이 있는, 믿지 못할 자

는 아니겠지만 저렇게 젊은 나이에 노구완을 일격에 물리칠 만큼 엄청난 무공에 저런 태평함이라니.

그들의 상식으론 이해가 되지 않음이었다.

황룡검대와 황세령이 장원을 떠난 것은 그로부터 한 시진이 지난 뒤였다.

마찬가지로 밤새 수척해진 황세령과 황룡검대는 잠시 모여 더 나아갈 것인지 길을 돌릴 것인지에 대해 논의하였으나 곧 환자를 져 버릴 수 없다는 황세령의 강력한 주장을 꺾지 못하고 길을 계속하기로 한 것이다.

대신 노구완 같은 자가 다시 나타날 것을 우려한 혁성의 간곡한 만류에 따라 황룡상단의 본단에 지원 요청을 한 뒤였다.

그 대단한 노구완의 오른팔을 일수에 잘라 버린 소마가 함께였지만, 그들에게 있어 소마는 정체를 확신할 수 없는 용병에 불과했으니까.

'그래도 재미있어 보이니까!'

어떻게 생각하든 소마는 개의치 않는 것이 다행이었다.

그런 위험한 자들과 대신 다퉈 줄 이유가 없는 소마이기에 그들을 언제 떠난다 해도 이상할 것이 없었다.

사실 모든 것이 자신의 흥미 위주인 소마로서도 크게 손해 보는 장사는 아니었다.

아직까지 목숨을 걸 정도로 엄청난 전투를 치른 것이 아니고 여차하면 몸을 뺄 자신이 있는데다, 삼분지 일이 절정고수로 이루어진 황룡검대를, 아니, 그들의 마나 컨트롤을 바로 곁에서 지켜보는 것은 제법 공부가 되었으니까.

황룡검대의 움직임이며 내공 갈무리를 확인하고 이따금씩 주변의 마나를 비틀며 그들의 반응을 살피는 일은 마법사인 소마에게 제법 재미난 놀이거리였다.

'여기 애들은 왜 이렇게 둔해?'

하지만 그마저도 두 시진이 넘어가자 조금씩 흥미가 떨어졌다.

뭐라도 반응이 있어야 재미도 있을 텐데, 아무리 주변의 마나를 비틀고 튕겨 봐도 황룡검대는 기분이 이상한지 몸서리를 치거나 조금 거북해하며 주변을 살필 뿐, 생각처럼 반응해 내지 못하는 것이다.

운기조식을 통해 주변의 마나를 받아들일 때를 제외하곤 주변의 마나에 신경 써 본 적 없는 무림인들의 특성 탓이리라.

'써먹을 수는 있겠군.'

그렇다는 것은 몰래 마법을 펼쳐도 알아채지 못할 확률이 높다는 것이다.

물론 몇 번 당한 뒤에는 이상한 낌새를 채자마자 공격을 퍼붓겠지만, 처음 한 번 정도는 충분히 써먹을 수 있으리라.

'한 방이면 끝이지, 뭐.'

물론 방심할 때 터지는 마법 한 방이면 해치우지 못할 상대가 없을 테지만.

"나으리. 살려, 살려 주십시오."

그때 일행의 행렬을 가로막고 누군가 끼어들었다.

"웬 놈이냐!"

노인은 도움을 청하며 비틀비틀 다가왔지만 황룡검대는 매몰차게 검부터 빼 들었다. 황세령에게로의 접근을 막기 위함이다.

"살려 주십시오, 나으리."

"검을 거두세요."

"아가씨."

하지만 황세령이 보는 앞이라 험하게 다룰 수는 없기에, 결국 어물거리는 사이 그녀가 나서고 말았다.

"무슨 일이시죠?"

"우리 마을 사람들을 구해 주십시오, 나으리. 약재를 살 돈이라도 조금만 주시면……."

"잠시만요. 가만히 계세요."

연신 머리를 조아리는 노인. 그에게 다가서다 흠칫 놀란 황세령은 두 손을 뻗어 신성력을 뿜어냈다.

"아아……."

그리고 노인의 몸에 퍼져 있던 독 기운이 검은 연기로 변해 공중으로 흩어져 나왔다. 적긴 하지만 독에 중독되어 있던 것이다.

"이제 됐습니다. 조금 쉬고 나면 예전처럼 건강하게 지내실 수 있을 거예요."

"그, 그게 무슨……."

쇠해진 그의 기력을 돋우기 위해 신성력을 조금 더 쏘이며 황세령이 물었다.

"마을 사람들이 아프다고 하셨죠? 모두 같은 증상인가요?"

"예, 예. 맞습니다, 아가씨."

"혹시 뭔가를 함께 나누어 먹었나요?"

"이런 촌구석에 있는 마을이야 그런 일이 늘 있지요. 사냥한 것이나 넉넉히 채집한 것이 있으면 함께 나누어 먹습니다요."

그 말에 그녀의 얼굴이 조금 밝아지며 그를 일으켰다.

"함께 가요. 치료할 수 있을 것 같습니다."

"저, 정말입니까요, 아가씨?"

약한 중독 증상이라면 각성하지 않은 신성력으로도 얼마든지 치료가 가능하다.

교황급의 신성력이 담긴 포션으로 온갖 영약을 사용하고도 치료하지 못했던 검왕의 중독 증상을 치료하기도 하지 않았던가?

신성력의 순도로는 교황보다 우월한 그녀의 신성력이 겨우 독초로 인한 중독 증상을 해결하지 못한다는 것은 말이 되지 않는 일이다.

황룡검대는 못마땅한 표정이었지만 이런 적이 종종 있었는지 어쩔 수 없다는 듯 곧장 노인의 안내를 받으며 마을을 찾아 나섰다.

"이상한 고집이 있는 것도 성녀들의 특징인가 보군."

머리를 긁적이며 소마 역시 그들을 따라 움직였다.

화전민촌에 가까운 마을인지라 마차가 드나들기 어려웠기에 일부는 마차를 지키고, 황세령은 말을 타고 이동했다.

단련된 무인들의 걸음이기에 마을에 당도하는 것은 그리 오래지 않았다.

병자로 가득한 탓인지 마을에 들어서자마자 퀴퀴한 냄새가 코를 찔렀고 병자들 특유의 음울하고 가라앉은 기운이 온몸을 찔러 댔다.

"마을 사람들을 모아 주세요."

"알겠습니다요, 아가씨."

모두가 코를 막고 인상을 찌푸렸지만 황세령만큼은 전혀 개의치 않고 앞장서서 마을 사람들을 불러 모았다.

일부 병증이 약한 사람은 걸어서 나왔고, 중한 사람은 황룡검대에 부축을 받아, 마을 사람들을 한자리에 모으는 것은 어렵지 않았다.

독이 전염되지 않는 것이라는 사실을 황세령이 일러 주었기에 황룡검대가 머뭇거림 없이 도운 덕이다.

"아아아······."

한 명씩 치료하는 방법도 있지만, 황세령은 거대한 빛으로 그들 모두를 단번에 치료해 버렸다.

나름대로 신성력을 쓰는 요령이 생긴 모양.

제대로 된 위력은 아니었지만 소마가 있던 세계에서는 매스 큐어라고 불리는 주문이었다.

'아니, 이건 홀리 샤워라고 하는 게 맞으려나?'

정확히는 통제하지 못하는 신성력을 통으로 쏟아부어 그들을 씻겨 내는 것에 가까웠지만.

순수한 신성력을 가감 없이 받아들였기에 약한 독쯤은 깨끗이 사라짐은 물론 앞으로 마을 사람들은 일반 사람들에 비해 더욱 건강하게 살 수 있을 것이다.

'며칠 고생하겠군.'

정작 신성력을 쏟아부은 황세령은 곧 죽을 것 같은 표정으로 비틀거렸지만.

효과를 준 신성력보다 주변으로 흩어져 버린 신성력이 수십 배는 더 많은 탓이다.

"아가씨!"

황룡검대가 깜짝 놀라 부축했지만 그저 신성력을 과하게 사용한 후유증일 뿐이다.

각성한 상태였다면 이 정도쯤 손가락 하나 까딱하는 정도로 치유할 수 있을 테지만, 아직 미숙한 그녀에게는 매우 큰일을 한 셈이니까.

"괜찮아요. 조금만 쉬면 괜찮아 질 거예요."

"흠……."

감사의 인사를 뒤로하고 비틀대며 물러서는 그녀를 보며 소마는 잠시 무언가를 고민했다.

그 사이 빠르게 마차로 돌아온 황룡검대는 황세령의 마차를 더욱 견고히 지키며 천천히 말을 몰았다.

그녀가 마차 안에서 천천히 회복하는 동안 편안히 쉴 수 있는 곳으로 이동할 요량이었다.

가뜩이나 느리던 마차의 속도가 더 느려진 상황.

어쩌면 걸어가는 것이 더 빠를 굼벵이 같은 속도에 소

마는 불만이 가득한 듯 구시렁거렸다.

"이래서야 곤란하지, 곤란해."

그리고는 입을 삐죽 내민 채로 품 안의 아공간을 열어 무언가를 만지작거렸다.

제18장

성녀, 수련을 받다

...porte moi wagon enle...
moi fregate loin lo...
ici la boue est faite...
de nos pleurs - est ...
vrai parfois que le...
triste cœur d'Agath...
loin des remords des...

"모두 정지!"

"……?"

달팽이 기어가듯 느릿느릿한 행렬을 참지 못한 소마가 결국 마차의 앞을 가로막고 나섰다.

"무슨 짓이냐?!"

덕분에 황룡검대가 일제히 검을 빼들 듯 반응했지만, 이미 실력의 차이를 아는 탓인지 실제로 검을 뺀 자는 없었다.

"잠깐 나와 봐, 의뢰인 아가씨."

"용건을 알기 전엔 아가씨를 뵐 수 없다."

오로지 혁성만이 소마의 시선을 가로막으며 으르렁거릴 뿐이다.

하지만 그마저도 곧 안에서 들려온 황세령의 목소리에 제지당하고 말았다.

"괜찮아요, 아저씨. 무슨 일이신가요, 소 대협?"

창백한 안색으로 위태롭게 마차 문을 열고 나선 황세령.

누구에게라도 보호 본능을 일으킬 만한 모습이었지만 소마는 팔짱을 끼고 갑갑하다는 듯 바라볼 뿐이다.

"몇 가지 묻고 싶은 것이 있다."

"말씀하세요."

아무리 무례해도 노구완을 일격에 패퇴시킨 일행의 최고수.

예의를 잃지 않고 답한 그녀에게 소마는 의외의 질문을 쏟아 냈다.

"너, 무공을 못하는 건가?"

"예. 맞습니다. 저는 보셨던 기이한 힘 때문에 내공을 익힐 수 없는 몸이에요."

그녀의 아버지라고 시도해 보지 않은 것은 아니었다.

어릴 적부터 막대한 금력을 바탕으로 온갖 영약과 몸에 좋다는 보양식을 챙겨 먹었지만 모두 허사였다.

이미 몸속 충만히 깃든 기이한 기운 때문에 한 줌의 내공도 생기지 않은 것이다.

이 부분은 소마도 대충 예상을 했기에 고개를 끄덕였다. 신성력과 마력은 공존할 수 없다는 것은 상식이었으니까.

"좋아, 그럼 네가 가진 그 힘이 무엇인지는 알고 있나?"

"……아니오. 정확히 어떤 것인지는 알지 못합니다. 그저 남을 도울 수 있는 힘이라는 것밖에는……."

이곳에 존재한다는 게 신기한 힘이니 이것도 어쩌면 당연한 일이다.

"그럼 어떻게 사용하는지는 알고 있나?"

"그야 자연스럽게……."

정확히는 모른다는 말이다. 이 부분에서부터 소마의 눈썹이 꿈틀거렸다.

"그럼 수련법도 당연히 모르겠군?"

"수련…… 이요?"

역시나 처음 듣는다는 반응이다.

물론, 성녀는 기본적으로 별다른 수련이 필요 없다.

일반 사제들이야 기도를 통해 신성력의 절대치를 높인다지만 성녀는 태어날 때부터 신성력을 한계치에 가깝게

품고 있기에 별다른 수업이 필요 없는 것이다.

그런 성녀에게도 신성력을 사용하는 '요령'은 필요하다.

신성력을 어떤 형태로 발현할 것인가에 대한 심상 훈련이 필요하고, 실제로 사용해 보는 실전 훈련이 필요했다.

성녀의 신성력은 거대한 댐과 같아서 조그마한 구멍을 내어 뿜어내기 시작하면 순식간에 커다란 물줄기가 되어 구멍을 넓혀 나가는 것이다.

하지만 지금의 그녀는 그 바늘만 한 구멍조차도 내지 못한 상태였다.

"에휴, 내 그럴 줄 알았지. 그럼, 혹시 배워 볼 생각은 있나?"

"네? 배워…… 요?"

"뭐, 뭣이? 그 힘을 가르친다고?"

소마의 호의에 황세령도 이번엔 눈만 껌벅거릴 수밖에 없었다.

누구도 정체를 알지 못했던 이 힘에 대해서 누군가 알고 있고, 또 가르칠 수 있다는 생각은 꿈에서도 해 보지 못한 것이다.

"빨리 결정해. 배울 거야, 말 거야?"

"배, 배울게요. 배우고 싶어요."

황세령이 당황하든 말든 소마는 몰아붙였다. 굳이 가르쳐 주지 않아도 무방했지만, 일단 조금 전과 같은 별것 아닌 치료 때문에 기진맥진해서 이동이 느려지는 것이 짜증났고, 또 비틀대는 그녀를 보고 있자니 누군가 떠올랐기 때문이다.

덕분에 황세령은 그 말이 진실인지 생각하기도 전에 다급하게 배우겠다, 대꾸했다.

엄청난 고수인 소마가 허튼소리를 할 리 없는데다 그녀의 입장에서는 밑져야 본전인 것이다.

그렇게, 수련은 혁성이 말릴 새도 없이 시작됐다.

"좋아. 그럼 이제부터는 마차에서 내려서 말을 타라. 그게 가르치기 더 편하기도 하고, 체력을 어느 정도 기르는 것도 도움이 되니까."

"너, 정말 그 힘에 대해 알기는……."

"알겠어요."

여전히 소마가 못마땅한 혁성이 불만 가득한 표정으로 물었지만 정작 당사자인 황세령은 군말 없이 마차에서 완전히 내려 말로 옮겨 탔다.

"좋아. 말 하나는 잘 듣는군."

소마도 몸을 돌려 자신의 말에 다시 올랐다.

그리고는 검을 꺼내 뭐라 중얼거린 후, 황세령을 향해

손바닥을 뻗었다.

"무, 무슨 짓……?!"

소마의 손에서 뿜어진 빛줄기가 막을 틈도 없이 황세령의 몸에 적중하자 혁성이 깜짝 놀라 검을 빼 들었지만, 정작 공격당한 황세령은 흠칫 몸을 떨 뿐 아무런 이상 증상을 보이지 않았다.

아니, 점차 혈색이 돌아오더니 신성력을 쏟아붓기 이전보다 체력이 돌아오는 듯했다.

황세령의 그것과 아주 흡사한, 아니, 지금의 황세령으로서는 하지 못하는 범주의 능력이었다.

"체력이…… 회복됐어요."

그렇다면 소마도 황세령과 같은 힘을 지닌 것인가? 혼란에 빠져 눈만 껌벅거리는 혁성을 두고 소마는 말머리를 돌려 황세령의 곁으로 옮겨 갔다.

감히 누구도 그를 제지할 수 없었다.

'쩝, 여전히 화끈거리는군.'

아무도 모르게 꺼냈던 검을 집어넣는 소마는 속으로 투덜거렸다.

크루세이더를 사용하는 것은 무리가 없지만, 마력과 반발하는 신성력을 강제로 끌어다 사용하기 위해서는 소마가 직접 반발력을 견뎌야 하는 것이다.

물론 엄청난 능력을 사용한 것은 아니기에 뜨거운 것을 잠시 만진 듯 손바닥이 화끈거리는 게 고작이지만.

"대협께서도 '그 능력'을 지니신 건가요?"

혈색이 돌아온 황세령은 먹이를 기다리는 아기 새 마냥 초롱초롱한 눈빛으로 물었다.

"아니. 다만 가끔씩 그 능력을 빌려 쓸 수는 있지. 신성력에 대해서는 나도 주워들은 게 고작이긴 하지만 널 가르치는 정도는 할 수 있을 거다."

"신성…… 력?"

가르치기로 마음먹은 이상 굳이 감출 필요가 없었기에 소마는 사실대로 대꾸했다.

실제로 그가 신성력에 대해 아는 바는 아주 기초적인 것에 불과하지만, 그 정도면 적어도 힘을 쓸 때마다 녹초가 되어 발목을 붙잡지는 않을 터였다.

"신성력이라고 부르는 것이군요, 이 힘은……."

하지만 황세령은 단 한마디도 놓치지 않겠다는 듯, 의욕적으로 소마의 옆으로 바짝 붙었다.

아마도 힘을 키우려는 개인적인 욕심보다는 더 많은 사람에게 베풀 수 있다는 기대 때문일 것이다. 성녀란 본디 그런 자들이니까.

옛 생각에 잠시 피식 웃음을 지은 소마는 가장 기본적

인 것부터 수업을 시작했다.

"일단 신성력에 대해 설명부터 해야겠군. 신성력은 본
래 이 세상에 존재하는 힘이 아니다. 그러니 내공과 같이
심법을 이용해 몸속에 축적할 수도 없지."

"하지만……."

시작부터 파격적인 소마의 설명에 황세령이 무언가 반
박하려 했지만, 소마는 그것을 허락하지 않았다.

"끝까지 들어. 내공이 '자연'의 힘이라면 신성력은
'신'의 힘이다. 이 세계로 따지자면 '신선'이나 '부처'
정도랄까? 믿음을 통해 신의 힘을 인간이 빌려 쓰는 것이
지. 물론 공짜는 아니야. 인간들의 믿음이 강해질수록
'신'의 힘 또한 강해지거든. 이를 테면…… 상부상조랄
까?"

주위에 사제가 있었다면 신성 모독이라며 난리를 쳤을
테지만, 아무것도 모르기에, 또 상단의 여식인 터라 황세
령은 놀라면서도 제법 잘 이해하는 듯했다.

황세령이 놀란 눈으로 고개를 끄덕이자 소마는 만족스
러운 듯 미소를 지으며 말을 이었다.

"말이 제법 통하는군. 좋아, 계속하지. 그 신이란 녀석
들은 자신들의 힘을 빌려 쓰는 자들을 이용해서 교단을
설립하고, 믿음을 전파하게 만드는데…… 그중 가장 강한

신성력을 지닌 자가 보통 교황이라 불리는 우두머리 역할을 하지. 뭐, 사실은 교황이 되는 순간 선대 교황에게 물려받는 물건들이 하나 같이 신성력을 증폭시켜 주는 특별한 것들이기 때문이지만 말이야."

순간 소마의 표정이 심술궂게 변했다.

그렇게 따지면 자신이나 교황이나 별로 다를 것이 없지 않은가? 자신을 보고는 아이템 빨이라며 손가락질 한 주제에 말이다.

"어쨌든, 보통은 그런 식으로 믿음이란 녀석을 신성력의 척도로 삼아. 그런데 수백 년에 한 명씩 예외인 자들이 나온다. 바로 성녀라고 불리는, 태어날 때부터 교황 이상의 신성력을 품고 있는 자들이지. 신이란 녀석 취향인지 성별은 항상 여자이고 말이야."

"그럼 혹시……."

황세령이 얼떨떨한 표정으로 묻자 소마는 가만히 고개를 끄덕이며 답했다.

살짝 못마땅한 표정으로.

"맞아, 너처럼. 이 신이란 놈들은 무슨 속셈인지 성녀에게는 유별난 애정을 쏟더란 말이지. 무슨 짓을 해도 용서해 주고, 심지어 자신을 믿지 않아도 신성력을 극한까지 선물해 주고, 나중에는 심지어 숨 쉴 때마다 신성력이 흘러나올 정도라니까."

잠시 신이란 놈들을 떠올렸는지 소마의 표정이 잔뜩 찌푸려졌다.

뭔가 잔뜩 못마땅한 구석이 있는 모양.

눈만 껌벅거리는 황세령을 옆에 두고 한참을 구시렁댄 소마는 다시 정신을 차리고 수업을 이어 갔다.

"흠흠, 잠시 말이 샜군. 어디까지 했더라……? 아, 그런 성녀라 해도 각성하지 못하면 하급 사제와 별반 다르지 않아. 그게 지금의 너다."

"각성…… 이요?"

"뭐, 정확히는 힘을 사용하는 법을 깨닫는 정도지만."

말이 좋아 각성이지 태어날 때부터 최대치의 신성력을 품고 있는 성녀에게는 그저 힘을 쓰는 법을 깨닫는 것 이상의 계기는 필요 없었다.

신성력에 익숙해지면 저절로 신과의 대화가 가능해지는 성녀이기에 일반 사제들처럼 복잡한 신성 마법진을 통한 신과의 연결이 필요 없는 것이다.

물론 그것을 통한다면 더 빠르게 힘을 각성시킬 수 있을 테지만 말이다.

하지만 그것은 이론으로 안다 한들 마법사인 소마가 할 수 없는 영역의 것이었다.

"내가 가르쳐 줄 것은 신성력을 사용하는 요령과 몇 가지 주문들이다."

"주문……?"

"그래. 신성력은 그 자체로도 여러 가지 효과를 낼 수 있지만 구체화시킴으로써 보다 강하고 특별한 능력을 내거나 파괴력을 가질 수 있지. 몇 가지만 익혀도 어중간하게 무공을 익히는 것보다 나을 거다."

소마는 '마인이란 놈들 중 약한 녀석들은 접근도 하지 못할 테고…….' 라는 뒷말을 삼켰다. 그것을 아는 순간, 강력한 무기가 될 테지만 그만큼 위험으로 내몰릴 위험도 커지는 것이다.

이미 위험에 노출되었는지도 모르지만.

"자, 일단 여기까지는 이해가 됐나?"

"네!"

"그럼 구체화부터 시작해 보지."

씨익.

기대 가득한 눈으로 바라보는 황세령에게 소마가 사악한 미소로 답했다.

* * *

소마에게 신성력을 배우기 시작한 지 칠 주야. 황세령을 하루하루 지옥 같은 훈련을 계속했다.

구체화라 이름 붙여진 훈련은 다름 아닌 신성력을 뽑아내 특정한 형태를 이루고 유지하는 단순한 훈련이었다.

하지만 아직 익숙하지 않은 탓에 구체화 한 번 할 때마다 적지 않은 심력과 체력을 소모시켰고 열 번쯤 하고 나면 녹초가 되어 몸이 늘어지는 것이다.

처음에는 단 한 번의 시도로 녹초가 되었던 것을 생각하면 놀라운 성과였지만, 문제는 체력이 고갈되었다고 훈련이 멈추지 않는다는 것이다.

"리커버리."

그때마다 소마가 강제로 체력을 회복시켰고, 황세령은 변명할 여지도 없이 계속해서 구체화 훈련을 이어 가야 했다.

조금 느리더라도 무리하지 않는 방법은 얼마든지 있지만, 그런 것은 소마의 성격에 맞지 않았다.

'훈련은 역시 굴리는 게 최고지.'

이 정도는 자신이 했던 훈련들에 비하면 너그러운 편이라 고개를 끄덕거리며 소마는 더, 좀 더 황세령을 굴려 댔다.

혁성과 황룡검대는 황세령의 그 모습이 무척이나 안쓰

럽고 말리고 싶었지만, 신성력이라는 특별한 힘에 관한 훈련이었기에 더는 끼어들지 못하고 길이라도 최대한 평탄한 곳을 골라 이동하는 것으로 응원을 대신했다.

하지만 그들은 몰랐다.

일반적이지 못한 길의 선택이 몇 번이나 매복을 피하게 만들었다는 것을.

"허억, 허억. 돼, 됐나요?"

금방이라도 꺼질 듯 아주 작은 빛의 구체를 만들어 낸 황세령이 간신히 입을 떼어 물었다.

처음에는 그저 구체를 만들어 내기만 하면 되었는데 그것이 익숙해지자 소마가 최소한의 신성력만을 이용해 구체를 이루도록 주문을 바꾼 것이다.

"아직 좀 많아."

좁쌀만 한 신성력조차도 매몰차게 꺼뜨린 소마는 연신 '다시'라는 말을 외치며 그녀에게서 눈길을 돌렸다.

오늘만 해도 벌써 백 번이 넘는 시도였지만, 그쯤은 엄청난 신성력을 품은 그녀에게 티도 나지 않을 수준이었기에 봐줄 필요가 없는 것이다. 체력도 그 자신이 꾸준히 회복시켜 주고 있고.

"네……."

말까지 탄 채로 그 정도 집중력을 유지한다는 것은 엄

청난 체력과 정신력이 소모되는 일이라 죽을 것만 같았지만, 황세령은 군말하지 않고 그 말을 따랐다.

매일, 같은 훈련을 반복하지만 자신이 사용할 수 있는 힘의 크기가 변했다는 것은 누구보다 그녀가 정확히 느끼고 있는 것이다.

제법 큰 힘이라 생각했던 과거의 신성력이 이제는 좁쌀만 하다고 느낄 정도로 그녀의 성장은 빨랐다.

한계까지 체력과 정신력을 뽑아내는 소마의 훈련법이 확실한 효과를 보이는 것이다.

"모두 대기."

그때 혁성이 황룡검대의 걸음을 멈추었다.

이상하리만치 적은 인기척에 이상함을 느낀 것이다.

"함정인가."

아직은 아무런 반응도 없었지만 이미 마을 안으로 반쯤 들어온 상황.

황세령을 감싸는 진법이 더욱 견고해지고, 일부는 낮은 자세로 움직여 주변을 살피기 시작했다.

"하하하하! 꼭 겁먹은 쥐새끼들 같구나."

이상 없음을 확인하고 하나둘 수색하던 대원들이 돌아오던 찰나, 어디선가 웅후한 내공이 실린 웃음소리가 들려왔다.

"누구냐!"

반사적으로 일갈을 내지르며 맞서는 혁성.

그러나 여유 있는 상대의 모습에 왠지 모를 불안감이 느껴지는 것은 어쩔 수 없었다.

"네놈이 마룡참 소마냐?"

여유로운 모습으로 나서는 사내와 부하들.

매복이 확실한 상황에 황룡검대와 황세령은 잔뜩 긴장했지만 소마는 어이없다는 표정으로 대꾸했다.

"마룡참? 그건 또 뭔 소리야?"

"혈천마귀의 팔을 일검에 잘랐다는…… 본인이 아닌가?"

소마의 대꾸에 당황한 것은 매복자들이었다. 잠시 이마를 찌푸린 사내는 소마에게 되물었고 소마는 그제야 알겠다는 듯 심드렁하게 대꾸했다.

"그건 맞는데. 마룡참은 또 뭔 소리야? 언제는 참룡검이라더니?"

"강호 초출이라더니 진짜인가 보군. 무인의 별호가 평생 하나일 줄 알다니."

놀라워하면서도 혀를 차는 사내.

그러나 어이없기는 소마도 마찬가지였다.

"아니, 그걸 매번 새로 지어 부른다고? 게다가 본인 허

락도 없이? 이 그지 같은 놈들. 그래서야 본인이 자기 별
호를 기억이나 하겠냐? 세상에 할 일 없는 놈들이 참 많
군."

"으음……."

신비인이라는 소마의 입에서 이런 상스러운 소리가 나
올 줄은 예상 못했던 듯 사내는 침음성을 흘렸지만 이내
정신을 차리고 본래의 목적을 밝혔다.

"어쨌든 상관없겠지. 그 이름은 오늘 여기에서 지워질
테니까."

"네놈은 누구냐!"

무시당한 혁성의 발작적 외침이 안타까웠는지 사내는
비로소 그에게 관심을 두었다.

"이 어르신께서는 요마왕 마굉자 님이시다, 아이야. 끌
끌끌."

딸랑!

그의 손짓에 일행을 포위하듯 검을 그림자들이 마을 전
체에서 튀어나왔다.

"요, 요마왕!"

"강시지존 마굉자라니……."

마교 서열 48위의 강시술사. 노구완보다도 더 높은 서
열의 마인이 바로 그였다.

"유명한 놈이야?"

모두가 그의 이름에, 자신들을 포위한 수십이 넘는 강시들의 모습에 몸을 떨었지만, 오직 소마만은 머리를 긁적거리며 되물었다. 이럴 줄 알았으면 강호의 역사책이라도 좀 읽어 둘 걸 그랬다, 투덜대면서.

"30년 전 정마대전에서 악명을 날린 노마귀예요."

"엣? 30년 전? 그렇게 안 늙어 보이는데?"

황세령의 대답에 소마가 깜짝 놀라 그를 다시 봤다. 그의 나이는 아무리 많아도 20대 후반에서 30대 초반으로밖에 보이지 않는 것이다.

덕분에 처음으로, 소마도 긴장을 했다.

"그는 인간의 피를 이용해 젊음을 유지한다고 들었어요. 그렇다는 것은 얼마나 많은 피를 취한 것인지……."

상상을 해 버렸는지 눈을 질끈 감는 황세령.

하지만 그녀의 대답에 오히려 소마의 표정은 눈 녹듯 풀어져 버렸다.

"뭐야, 결국엔 흑마법사나 뱀파이어 같은 어설픈 놈이란 거잖아? 킁킁! 어쩐지 냄새가 구리구리하다 했더니 저놈들은 언데드였군."

"크크. 참룡검이니 마룡참이니 해도 결국 제 죽을 곳도 모르는 애송이였군."

자신에 대해 듣고도 당당한 소마의 모습에 마굉자는 눈에 이채를 띄었지만, 크게 반응하지는 않았다.

자신의 공포를 직접 겪어 보지 못한 아해들 중 저렇게 호기를 부리다 똥오줌을 지리며 죽어 간 녀석들이 이미 두 자리를 넘어가는 까닭이다.

노구완을 일검에 베어 버렸다느니 검왕이 인정한 고수라느니 하는 소문은 이곳에 오기 전 귀가 따갑도록 들었지만, 사실이든 아니든 그것은 상관이 없었다.

중요한 것은, 지금 소마 일행이 자신이 만들어 놓은 무대로 들어왔다는 것이다.

"쯧쯧. 이봐, 늙은…… 아니, 애…… 젠장! 뭐라고 불러야 하는 거야? 어쨌든 난 내가 죽을 곳을 너무 잘 알아서 탈이라고. 그리고 적어도 그게 여기는 아니야."

"끌끌. 기고만장하구나, 애송이. 그 기세가 얼마나 갈 수 있을지 한 번 볼까?"

점점 포위망을 좁혀 오는 강시들은 아랑곳 않는 소마를 향해 마굉자가 먼저 손을 떨쳤다.

동시에 선공을 취하며 달려드는 세 구의 강시들.

"차합!"

그러나 잔뜩 긴장하며 대비하던 황룡검대를 넘을 정도는 아니었다.

아니, 허무할 정도로 쉽게 팔다리가 분리되며 단말마조
차 지르지 못하고 쓰러져 버렸다.

"……?"

"끌끌끌, 제법이구나."

이쯤 되자 되려 당황한 것은 황룡검대였다.

강시치고는 너무나 약한 육체에 자신이 강한 것인지 그
것들이 약한 개체였는지 헷갈릴 정도인 것이다.

강시가 세상에 나온 것은 거의 30년만인지라 그들로서
도 말로만 들어 봤을 뿐, 실제로 본 것은 처음이었다.

"좋아. 이 정도라면……!"

노구완과 혈수라도 그렇고, 강시들도 이 정도라면 해볼
만하다는 생각이 들었다.

사실 그들이 약한 것은 아니었다.

하나 같이 일류, 혹은 절정의 고수들로 이루어진 그들
이 약하다면 중원 천지에 강하다고 자부할 수 있는 사람
은 그리 많지 않을 것이다.

노구완이 습격했을 때도, 노구완만 아니라면 혈수라들
과는 양패구상을 노려볼 수 있을 정도로 그들의 힘은 상
당한 수준이었다.

다만 소마의 압도적인 무력에 위축되어 있었을 뿐.

그런 그들이 강시를 일격에 제압하자 황룡검대의 자신

감은 다시금 치솟았다.

30년 전 혈사는 소문이 부풀려진 것이 아닐까 생각이
들 정도로.

그리고 그때였다.

"윽……?"

강시를 손쉽게 베었던 대원들이 일제히 휘청거렸다.

"뭐, 뭐지?"

"몸이 갑자기……."

대원들이 순간 몸의 통제력을 잃고 비틀거리자 혁성은
그제야 속았음을 깨달았다.

"독이다!"

"젠장!"

마굉자가 요마왕이라 불린 이유 중 하나가 상대의 몸과
정신의 통제력을 빼앗는 독과 환술에서 기인한다는 것을
뒤늦게 떠올린 것이다.

"제가 치료해 드릴게요!"

구석에 몰아넣은 쥐새끼들을 보는 것마냥 마굉자가 으
스대며 공격을 이어 가지 않자 황세령이 재빨리 다가가
신성력을 펼쳤다.

그동안의 훈련이 헛된 것은 아니었는지 이제 제법 요령
이 생겨 힘의 수급이나 집중이 자유로웠다.

"으으음……."

"괜찮아요?"

비틀.

그러나 전혀 소용이 없었다.

신성력이라면 시독(屍毒)이라 한들 손쉽게 정화할 수 있었지만, 신성력의 영향을 받지 않는 뭔가 다른 것이 작용하는 것이다.

"아해야, 너의 능력은 이미 알고 있단다. 그리고 너는 이 독을 치료할 수 없다."

여전히 비틀대는 대원을 향해 신성력을 더욱 쏟아 내던 황세령을 향해 마굉자의 음산한 목소리가 파고들었다.

"너희는 이미 이곳에 오는 동안 두 가지 독에 중독된 상태다. 그리고 세 번째 시독이 더해지는 순간 이것들은 전혀 다른 속성을 띠게 되지. 너의 능력으로는 이것을 치료할 수 없을 것이다."

그리고 신성력의 무력함을 단언했다.

그의 말이 단호할수록 황세령은 거칠게 신성력을 뿜어 냈지만 대원들은 아주 미약한 회복만을 보일 뿐, 크게 나아져 보이지 않았다.

"그만해라."

신성력을 쏟아붓는 황세령의 손을 잡아채며 소마가 만

류했다.

"신경독이군."

"신경독?"

모두가 소마를 쳐다보며 되물었다.

극독이 아니라 신경독이라니? 자신들쯤 되는 고수들에게 극독도 아닌 신경독 따위를 쓴단 말인가?

미혼약이나 신경독 따위는 정신력이 약한 자들이나 당하는 것이라 치부하는 무인들이기에 믿을 수 없다는 반응은 더 컸다.

"오호, 호기롭기만 한 줄 알았더니 제법 똑똑한 아이였구나. 하지만 안다 한들 소용없다. 너희는 이곳을 벗어나지 못할 테니까."

딸랑.

그가 한 번 더 방울 소리를 내자 포위하던 강시들이 배로 늘어났다.

개개의 강시가 강해 보이지는 않지만, 조금 전처럼 강력한 신경독에 빈틈이 생기고 만다면 마굉자는 물론이고 그를 호위하듯 둘러싼 강력한 강시들을 상대하기 어려워질 터였다.

조금 전까지의 자신감은 씻은 듯 사라지고 또 한 번의 절체절명의 순간에 황룡검대는 모두 식은땀을 비 오듯 흘렸다.

"그깟 게 뭐 별거라고. 오기 전에 해치우면 그만이지."

소마는 엑셀리온을 두고 아공간에서 또 한 자루의 검을 소환하며 황세령의 곁으로 섰다.

"자, 두 번째 수업이다. 잘 보고 따라하도록."

"……?"

그의 손에 들린 것은 다름 아닌, 혈귀도를 때려잡을 때 선보인 바 있는 성검, 크루세이더였다.

크루세이더를 높게 치켜든 소마는 가볍게 마나를 일으켜 손에 두르고 녀석의 안에 깃든 신성을 깨웠다.

"홀리 애로우."

약한 반발이 있었지만, 허공에 솟은 신성력은 소마의 말에 따라 수십 발의 예리한 화살의 형태를 띄우며 주위에 도열했다.

"신성력이란 놈은 결국엔 의지에 깃든 힘이라 다루기가 쉬운 편이지. 집중해서 형태를 떠올리면 원하는 대로 뭉쳐지거든. 예를 들어 이렇게 예리한 화살을 떠올리면……."

슈숙─!

퍼버벅!

"……!!"

소마의 손끝을 떠난 신성력의 화살들은 정확히 강시들

의 머리통을 꿰뚫고 사라져 버렸다.

적중당한 머리가 흔적도 없이 재가 되어 사라져 버리는 강시들. 실제 인간의 몸을 사용하긴 했지만 순도 높은 신성력에 마기와 함께 타 버린 것이다.

"이, 이놈! 무슨 짓이냐!"

돌발적인 소마의 행동에 깜짝 놀란 것은 일행뿐만이 아니었다. 자신만만해하며 방심하던 마꿩자 역시도 크게 놀라 소리친 것이다.

하지만 그조차도 소마의 안중에는 없었다.

"아니면 이런 것도 할 수 있지. 이곳 말로는…… 벽력탄 같은 형태랄까? 홀리 볼!"

이번에도 소마의 명에 따라 수십 개의 신성력의 구체가 둥실 떠올랐다.

"죽여라!"

마꿩자의 입에서 핏물 같은 외침이 터진 것도 그와 동시였다.

숨죽이던 강시들이 일제히 달려들자 그 위세는 대단했다. 고작 무공도 모르는 마을 사람들을 강시화시킨 전력이었지만, 괴기스러운 기운을 뿜으며 덤벼들자 실력으로 월등히 우세한 황룡검대도 질겁을 했고, 황세령은 무서운지 눈까지 질끈 감을 정도였다.

그리고 개미떼처럼 달려드는 그들을 향해 소마가 만든 구체들이 묵직하게 쏘아졌다.

"까불고 있네."

콰지지직!

별것 아니어 보이던 신성력의 구체들은 철퇴처럼 강시의 가슴팍을 무너뜨렸고, 빛과 함께 폭발하여 주변의 녀석들까지 흔적도 없이 지워 버렸다.

"……."

"이, 이게 무슨……."

고작 최하급에 속하는 녀석들이라지만 마꿩자의 충격은 무척이나 컸다.

아무런 저항도 하지 못하고 녹아 없어지는 모습이라니. 다른 강시들이라고 다르지 않으리라는 보장이 없지 않은가?

어차피 자살특공대 역할로 만든 녀석들이기는 했지만, 이렇듯 허무하게 소멸해 버리니 본인은 자각하지 못했지만 전신에 두려움이 퍼지기 시작했다.

"봤지? 해 봐."

그러거나 말거나 소마는 황세령과의 수업을 이어 갈 뿐이다.

두려움에 떨면서도 고개를 끄덕이는 황세령.

그간의 고된 훈련이 담력마저 키워 준 것인지 사방에 녹다 만 강시들의 시체들이 있음에도 어떻게든 정신을 차리고 신성력을 모았다.

"꽈득! 틈을 주지 말고 해치워라!"

딸랑딸랑.

소마를 둘러싼 빛들이 사라지자 마굉자는 틈을 놓치지 않고 몰아쳤다.

그가 가진 힘이 자신과 상극인 것은 알았지만, 그렇다고 결코 죽이지 못할 상대는 아니라 생각한 것이다.

조금 전 몰살당한 것들은 강시라 부르기도 민망한 놈들이었으니까.

"까악!"

남은 독강시들과 제법 제련이 된 철강시 여섯 구가 동시에 솟구치자 황세령은 집중이 흐트러지고 말았다.

흩어지지 못하고 한데 강하게 뭉친 신성력.

너무나 크고 영롱한 그 빛은 오히려 녀석들에게 독이 되고 말았다.

"뭐, 처음 치곤 나쁘지 않군."

"끼아아악!!!"

무식하리만치 커다란 크기 그대로 날아간 신성력 덩어리는 달려드는 철강시 다섯 구를 집어삼키고 뻗어 갔다.

뼈대만 남기고 흐물흐물하게 녹아내린 철강시들.

황세령이 내뿜은 빛이 녀석들을 집어삼키는 순간, 뭔가 잘못되었다는 것을 느끼고 간신히 몸을 뺀 마굉자는 30년 만에 처음으로 등골이 오싹한 기분을 느끼며 주춤 뒤로 물러섰다.

"처, 철강시마저……."

철강시는 달리 철골강시라 불릴 정도로 강한 육체를 지닌 제법 완성된 강시 중 하나였다. 어지간한 보검이 아니고선 흠집도 내기 힘들며 검기가 아니고서는 치명상을 입힐 수 없어 일류 고수가 아니고서는 상대하기 힘든 고급 강시인데……. 눈앞에 놓인 것은 마치 떡처럼 늘어져 퍼진 형체조차 알 수 없는 잔해들뿐이다.

"교주가 말한 게 이것이었던가."

검기 이상의 내기를 이용한 공격에 특히 약한 철강시라고는 하지만 이 정도일 줄은 상상도 못했다.

더구나 그녀가 가진 힘은 내공이 아니라 하지 않는가? 마기를 정화시키는 힘이라 듣긴 했지만 그저 성가신 정도일 것이라 예상했을 뿐, 이렇게 위협적일 것이라고 그 누가 예상했으랴.

이전의 황세령이었다면 택도 없을 활용이었지만, 그 짧은 시간의 변화를 그가 알 리 없었다.

"반드시…… 이 자리에서 죽여야 한다."

그리고 당황이 가득하던 마굉자의 눈이 전에 없이 빛났다.

제19장

요마왕 마굉자

porte moi wagon enle

moi fregate loin lou

ici la boue est faite

de nos pleurs – est i

vrai parfois que le

triste cœur d'Agathe

loin des remords des…

가지고 있던 강시들 중 8할 이상을 잃어버렸지만 마굉자는 달아나거나 두려워하지 않았다. 사라진 강시들의 대부분이 전투력을 기대하기 어려운, 그저 머릿수를 채워 상대를 지치게 하고 중독시키는 역할을 할 뿐이기 때문이다.

그가 가진 진정한 힘이라 할 수 있는 혈강시와 묵혈강시, 천마강시는 여전히 건재한 상태였다.

소마들에게 그나마 다행인 것은 독을 정화시킨다는 황세령의 능력을 전해 들은 덕에 주력 중 하나인 천독강시를 두고 온 것이랄까.

"요마진을 펼쳐라!"

챠라라라라랑—

마굉자가 방울을 세차게 흔들자 그를 호위하듯 서 있던 십여 구의 강시들이 전광석화처럼 움직여 소마들을 에워쌌다.

가장 강력한 천마강시는 제자리를 지켰지만 하나하나가 절정 고수를 상회하는 강시들이 움직이자 그 위압감은 보통이 아니었다. 이윽고 진세를 이루자 그 기운은 더욱 증폭되어 일행들을 압박해 왔다.

"가, 강시가 진법을?"

"호오……."

강시가 진법을 이루다니. 들도 보도 못한 기현상에 황룡검대는 당혹스러움을 감추지 못했고 소마는 눈을 빛냈다.

"마계의 잔챙이들이 하던 거랑 비슷한데?"

하지만 황룡검대는 대응할 수 없었다.

어쩌면 개체 하나하나가 자신들을 상회할 강시가 두려워서이기도 했고, 무공을 익히지 못한 황세령 때문이기도 했다.

그러는 동안 소마는 잠시 이전의 기억을 떠올렸다. 그 빌어먹을 사부 덕분에 내던져진 마계에서 비교적 힘이 약한 마물들이 무리를 이루며 더욱 강한 힘을 내던 것과 비슷한 느낌인 것이다.

결국 모조리 해치우긴 했지만 처음에는 소마도 상당히 당황을 했었다.

"옴 바르샬 라훔……."

"잉?"

그때, 미처 신경 쓰지 못한 사이 무언가 주문을 읊고 있는 마꿍자의 모습이 눈에 들어왔다.

그리고 느낄 수 있었다. 마나가 요동치는 아주 위험한 느낌을.

단순한 강시들의 진법이 아닌, 특수한 무언가가 더해지려는 것이다.

"젠장."

뒤늦게 알아챈 소마가 처음으로 난처한 표정을 지었다.

아무리 그라 한들 알 수 없는 주문에 당하는 것은 곤란할 수 있는 것이다.

특히 상대가 흑마법사 같은 저주 계열을 쓸 것 같은 녀석이라면 더욱 그렇다. 저주는 마법의 위력에 관계없이 상대에게 치명적인 효과를 주는 경우가 많았으니까.

"요마환상진. 발동!"

강시들이 위협적이고도 사이한 기운을 내뿜는 가운데,

그들을 향한 마굉자의 주문이 펼쳐졌다.

"헉!"

동시에 일행은 전혀 다른 세상으로 떨어졌다. 실제로는 제자리였지만 시야에 보이는 모든 것이 변한 것이다.

흡사 마계와 같은. 삭막하고 사악한 기운이 흐르는 괴이한 대지가 시야에 펼쳐졌다.

"이게 무슨 일이지?"

"환상이로군."

자신에게 영향을 미친 것에 조금은 놀라워하며 소마가 사태를 파악했다.

강시들이 내뿜는 기운을 이용한 일종의 환상 마법인 것이다.

"모두들, 왜 그러세요?"

모두가 두리번거리는 가운데 황세령만이 유일하게 의아하게 일행들을 쳐다보았다.

그녀 자신이 신성력, 그 자체라 할 수 있는 성녀이기에 이런 암흑의 기운을 이용한 주문이 먹히지 않은 것이다.

'흠, 아직은 무리겠지.'

그녀가 조금 더 성장했다면, 정화 주문을 펼쳐 이 환상을 깨어 버릴 수도 있겠지만, 아직 그녀에게는 요원한 일이었다.

잠시 손에 든 크루세이더를 쳐다본 소마는 내장된 신성력의 잔량을 가늠하고는 혈귀도 때와 같은 정화 주문을 사용하길 포기했다.

대신 황세령 주변의 땅에 가볍게 꽂아 넣었다.

우웅—

그녀의 주위로 신성 보호막을 펼치기 위함이다. 물리력에 비교적 약한 주문이기에 조금 걱정은 되었지만 일단은 최선이라 할 수 있는 방법이었다.

"제법 강한 주문이군……."

아직은 잠잠하지만 곧 매서운 공격이 시작될 것이다.

그때가 되면 이 환상이 어떤 작용을 하는지 알게 되리라.

"일단 콜로세움형은 아닌 것 같고."

환상 주문에는 여러 가지 형태가 있었다.

그중 아군의 모습까지 변형시켜 단 한 사람만 남을 때까지 서로 칼부림을 하게 만드는 소위 콜로세움형과, 끝없는 가상의 적을 만들어 내 지치게 만드는 웨이브 형이 가장 일반적이었는데, 혁성의 모습이 정상적으로 보이는 것이 적어도 콜로세움 형은 아닌 듯하다.

"꺽!"

그때, 보이지 않는 어딘가에서 놈들의 공격이 시작됐다.

주변을 살피던 황룡검대원 하나가 심장이 꿰뚫리며 죽음을 맞이한 것이다.

하지만 보이는 것은 싸늘한 주검이 된 대원의 시체뿐, 마굉자나 강시들의 모습은 어디에도 보이지 않았다.

"젠장, 동화(同化)형이었군!"

그제야 소마는 이 환상의 정체를 깨달았다.

강시들의 기운을 매개로 만든 이 주문은 녀석들을 주변에 동화시켜 모습과 기척을 감춰 주는 용도인 것이다.

"요마출현!"

"헉!"

"크악!"

설상가상.

또 한 번 들린 마굉자의 목소리에 강시의 모습과는 또 다른 괴물들이 튀어나온 것이다.

그리고 그 순간에도 황룡검대의 수는 하나둘 줄어 갔다. 감으로 검을 휘둘러보고는 있지만 애초에 비등, 그 이상의 위력을 가진 강시들인지라 버텨 내기 쉽지 않았다.

"응? 이것들은 허상이다! 상대하지 말고 안 보이는 적에게 신경을 집중해라!"

괴물과 가장 먼저 마주쳐 본 혁성이 재빠른 판단을 했지만 자신을 향해 공격해 오는 모습을 보니 반사적으로 방어를 하지 않을 수 없었다.

그때마다 생겨나는 빈틈을 놓치지 않고 강시들은 공격을 가했다.

"진법 안에서 확인할 수 없다면……."

허깨비들을 잠시 노려본 소마가 입술을 질끈 깨물고는 강하게 땅을 박찼다.

이대로는 강력한 공격력을 지닌 엑셀리온이라 할지라도 제대로 힘을 쓰기 어려운 것이다.

"밖으로 나가면 되지!"

동시에 윈드 워커가 개방되며 소마의 몸이 하늘 높이 치솟았다.

지상 가득 강시들의 마기가 펼쳐져 있다면 그 영향권을 벗어나면 그만인 것이다.

"흐음. 역시나로군."

오 장 이상을 높게 치솟자 비로소 진실이 보였다. 연주하는 듯한 마굉자의 지시에 따라 강시들이 여유롭게 일행을 사냥하는 모습이.

하늘에서 잠시 몸을 정지시킨 소마는 재빨리 아공간을 뒤져 룬어가 가득 적힌 양피지 한 장을 꺼내 찢었다.

"디스펠!"

금빛 빛무리와 함께 양피지가 재가 되어 사라지자 지상

에도 놀라운 일이 일어났다.

허깨비 같은 괴물들이 사라지고 비로소 공격해 오는 강시들의 모습이 나타난 것이다.

모든 마법적 효과를 제거하는 고위 마법, 디스펠의 능력이다.

본래대로라면 소마라 할지라도 제법 시간이 걸려서야 완성할 수 있는 6써클의 고위 마법이었지만 미리 주문의 힘을 불어넣어 둔 스크롤을 이용해 단번에 이뤄 낸 것이다.

"오른쪽이다! 이번엔 왼쪽!"

혁성은 영문을 알 수 없지만 다시 시야가 돌아온 것을 확인하고 재빨리 소리쳐 대원들을 움직였다.

대원들도 더욱 정교하게 내공을 끌어 올려 공격을 막아 갔고 피해는 빠르게 줄어들었다.

"아니?! 어떻게 된 거지?"

여전히 유리한 모양새지만 마꿩자는 자신의 주문이 깨진 것에 놀라 당황스러워했다.

지금껏 한 번도 깨진 적이 없던 것은 아니지만, 그것은 어디까지나 무림에서도 손에 꼽히는 몇몇 고수에 의한 것이었을 뿐, 고작 절정에 오른 무인들에게, 그것도 단체로 깨진 적은 없었던 탓이다.

장내가 빠르게 정리되며 강시들에 맞서 가는 것을 확인한 소마는 곧장 마굉자를 향해 날아갔다.

그들을 도와 강시들을 처치하는 것도 중요하지만 녀석들 모두를 합친 것보다 마굉자의 곁에 선 강시 한 구가 더 강하다는 것을 본능적으로 느낀 것이다.

그들이 절정 무인, 또는 최절정 무인과 같다면 녀석은 주인인 마굉자보다 훨씬 강한, 초절정 이상의 괴물이었다.

"젠장, 이게 무슨 사서 고생인지."

하지만 어쩌랴.

이미 벌어진 일이고, 재미있을 것 같다며 무작정 따라온 자신이 잘못이지.

이 정도 놈들과 엮일 줄 알았다면 아마 계속해서 책방 점원 노릇이나 하며 탱자탱자 놀고 있었을 것이다.

"놈!"

하늘로 높게 솟아올라 무언가를 하더니 자신을 향해 떨어져 내리는 소마를 알아챈 마굉자가 진노하며 흔들던 방울을 버리고 양팔을 펄럭 펼쳤다.

챠라라랑.

소리 자체에서 사이한 기운마저 느껴지는 불길한 방울 소리가 그의 손목에서 퍼져 나왔다.

그리고…… 소마를 향해 천마강시가 날아올랐다.

"흥! 봉인 해제. 타이탄 건틀릿!"

생각보다 지상으로부터 높은 곳까지 환상진이 영향을 미친 데다, 디스펠을 쓰면서 이목을 끄는 바람에 기습의 묘를 살리지 못하자 소마가 혀를 차며 정면 승부에 돌입했다.

하지만 소마가 내민 것은 엑셀리온이 아닌, 금빛 마나가 깃든 타이탄 건틀릿이었다.

이전까지 사용하던 파워업과는 전혀 다른 모습.

이 세계의 마나에 맞춰 개량된 타이탄 건틀렛의 진정한 모습이었다.

죽음을 닮은 핏빛 기운을 내뿜으며 짓쳐 오는 천마강시에게 소마는 가만히 주먹을 내질렀다.

"깃들어라, 거인의 오른팔!"

순간, 마굉자는 소마의 오른팔이 거대해지는 착시를 겪었다.

"커헉!!"

동시에 강력한 압력이 몸을 찢을 듯 덮쳐 왔다.

마굉자 그 자신도 무공 수위가 절정에 달하는 고수였건만 소마의 주먹을 막으며 발생한 충격파에 휩쓸려 버린 것이다.

그것도 천마강시가 정면에서 막아 내느라 위력이 한풀

꺾인 충격파였다.

"이게 무슨……."

간신히 내공을 끌어 올려 날아가는 몸을 추스른 마굉자는 놀라운 광경을 목도했다.

십대초인과 겨루어도 손색이 없으리라 자신하던 자신의 자랑, 천마강시가 전신이 난자된 모습으로 자신의 근처까지 밀려난 것이다.

더구나 얼마나 강한 일격이었는지 가슴팍에는 주먹 모양의 움푹 파인 자국까지 남겨진 상태였다.

"……참룡검이라더니 극강의 권법까지 익히고 있었던가."

챠라라랑!

그렇다고 포기한 것은 아니었다. 소마가 내지른 일권의 위력이 대단했지만 천마강시는 여전히 건재했으니까.

마굉자의 손목에서 사이한 음색이 퍼지자 첨마강시는 다시금 광폭한 괴성을 질렀다.

"캬아악!"

"키메라 같은 놈이로군."

거인의 힘에도 그저 몸 한쪽이 움푹 파이는 정도로 막아 내다니.

일격을 먹인 소마에게도 조금은 충격이었다.

막아 내는 것은 그렇다 쳐도, 저 정도의 위력이 몸에 꽂히고도 이상 없이 움직인다는 것은 이미 인간의 범주에서 나올 수 있는 경도가 아닌 것이다.

어떤 식으로, 무엇을 이용해 제련을 했는지 몰라도 이 정도면 가히 미스릴에 버금가는 단단함이다.

"죽여라!"

"이 정도론 안 된단 말이지?"

마굉자가 다시금 명령을 내리는 사이, 원상태로 돌아온 타이탄 건틀릿 대신 엑셀리온을 높이 치켜들었다.

"봉인 해제, 엑셀리온!"

이번엔 엑셀리온의 검신을 타고 금빛 마나가 꽃가루처럼 퍼져 나갔다.

금빛은 가장 순수한 마나의 색.

그것은 아티펙트의 마나가 자연과 완벽히 동화되었음을 의미했다.

"천마강기!"

하지만 천마강시도 만만치 않았다.

천살성을 가지고 태어났다는 천마의 환생을 보는 듯한 착각이 들 만큼 강대한 살기와 함께 녀석의 전신에 검붉은 강기가 피어오른 것이다.

너무나 흉포해서 혁성이나 다른 자들의 검강 따위는 부

딛히자마자 바스러질 것만 그런 같은 강기였다.

"더블 오러!"

소마의 외침과 함께 천마강시에 맞서는 엑셀리온에서 금빛의 검기가 맹렬히 솟아올랐다.

까가강!

첫 격돌에서 소마는 크게 밀리지 않고 녀석의 강기를 받아 냈다.

인간이 아닌데다, 너무도 강대한 강기 때문에 중첩 검기가 가지는 내부를 진탕시키는 힘에 의한 이점은 없었지만, 순수한 자연의 마나 그 자체를 사용하게 되면서 위력이 월등히 높아진 것이다.

마나의 순도의 차이란 그만큼 엄청난 것이었다.

"칫."

순식간에 삼 격이 오가고, 서로를 경계하듯 밀쳐 낸 둘은 뭔가 마음에 들지 않는지 으르렁 거렸다.

"이럴 수가……."

천마강시를 조종하는 마굉자는 떡 벌어진 입을 다물 줄을 몰랐다.

설마하니 처음부터 십 성으로 펼친 천마강기를 막아 낼 수 있을 것이라고는 생각하지 못한 것이다.

십대초인이라면 모를까 고작 이제 이름을 얻기 시작한

강호초출이 말이다.

얼떨떨한 표정으로 슥 돌아보니 다른 강시들도 상황이 그다지 좋지만은 못했다.

아직까지 우위를 점하고는 있었지만, 자신이 천마강시의 조종에 정신을 쏟는 바람에 유기적인 합격이 이루어지지 못해 수년간 손발을 맞춰 온 황룡검대에게 조금씩 밀리는 감이 있는 것이다.

그래 봤자 천마강시가 소마를 해치우고 뛰어든다면 순식간에 몰살시킬 수 있을 테지만, 눈앞의 상대는 그 강함이 아직까지 측정되지 않고 있었다.

순간, 마굉자의 마음속에서 임무를 완수하지 못할지 모른다는 불안감이 피어올랐다.

"속도를 좀 올려 볼까? 깃들어라, 바람이여!"

후아아앙—

그때, 소마의 발끝으로 무시무시한 바람이 모여들었다.

육안으로 확인할 수 있을 만큼 유형화된 바람의 기운.

"그래, 한 번 놀아보자."

하지만 소마의 변화는 거기서 끝나지 않았다.

"베히모스의 마갑이여, 전투 모드. 봉인 해제!"

그저 두껍고 단단한 강철 갑옷으로 알고 있던 소마의 갑옷이 기괴한 모습으로 변하는가 싶더니 살아 움직이듯 늘어나 전신을 뒤덮었다.

비늘처럼 피부를 덮은 철갑, 길게 뻗은 두 뿔, 연검처럼 하늘거리는 꼬리까지.

마귀를 연상시키는 외형으로 변한 소마의 맑은 눈빛만이 그의 존재를 입증하고 있었다.

"이, 이 기운은?"

이상함을 느끼고 재빨리 공격을 명하려던 마굉자는 변해 버린 소마의 기질과 익숙한 기운을 느끼고 심장이 내려앉을 듯 놀라 뒷걸음질 쳤다.

요마왕이라 불릴 만큼 마법에 가까운 술법과 강시술 등을 사용하는 녀석인지라 비교적 소마에게서 흘러나오는 기운을 정확히 읽을 수 있던 것이다.

"말도 안 돼……."

느껴지는 내공의 양도 대단했지만…… 암흑보다도 더 깊은 어둠이 '소마였던 것'으로부터 느껴졌다.

"자, 이제 제대로 붙어 볼까?"

순간 소마의 모습이 눈앞에서 사라졌다.

까강!

소마의 위치를 파악한 것은 천마강시의 몸을 두드리는 소리 덕분이었다.

보이지 않을 정도로 빠르게 다가간 소마가 그대로 천마

강시를 베어 간 것이다.

질긴 피부에 본능적으로 천마강기를 덧대어 막아 냈지만 천마강시의 몸은 일 장 이상이나 밀려났다.

"반격해! 저까짓 갑옷 따위 부숴 버려!!"

마굉자가 악에 받친 듯 소리치자 천마강시도 호응하듯 소마에게 다시 달려들었다.

그러나 흉포한 모습과 달리 이번에는 상당히 내공이 정제된 상태였다.

전신 가득 날뛰던 기운을 한 점에 모아 검을 찌른 것이다.

"안 맞으면 그만이지!"

누구도 무시 못할 강맹한 공격이지만, 소마는 도리어 녀석의 품 안으로 파고들었다.

벨 수 없는 바람처럼 놈의 공격을 휘감고 접근한 것이다.

"소드 스피어!"

그리고 움푹 파인 놈의 가슴팍을 향해 엑셀리온을 내질 렀다.

길게 늘어지며 창의 형태처럼 변한 황금빛 검기.

몸에 닿는 순간 몸부림을 치며 밀쳐 냈지만 일 점에 집중된 파괴력은 그 질긴 피부를 찢어 내기에 충분했다.

"안 통하는 건 아니로군?"

매서운 반격에 거리를 벌린 소마는 마기 같은 검은 피

를 흘리는 천마강시를 보며 이죽거렸다.

신성력만큼은 아니지만 언데드에게도 추가적인 타격을
줄 수 있는 순수한 마나의 힘이 천마강기와 강화된 녀석
의 피부를 뚫을 수 있음이 증명된 것이다.

그 모습을 혼란스러운 눈빛으로 지켜보던 마굉자가 입
술을 질끈 깨물었다.

우우우우우웅—!

그때 황룡검대가 있던 쪽에서 눈부신 빛과 함께 따스한
기운이 퍼져 왔다.

"응?"

부르르 몸을 떨거나 몸부림치는 강시들.

반대로 힘을 얻은 황룡검대원들이 놈들이 적극적으로
공격을 이어 가는 전장의 한편에서 크루세이더를 쥔 황세
령의 모습이 보였다.

"아, 저런 방법도 있었군."

그제야 소마는 이해가 된다는 듯 고개를 끄덕였다.

성검 크루세이더가 마르지 않는 신성력의 샘인 성녀,
황세령을 만났으니 그 힘을 끌어다 사용하는 것은 어렵지
않은 것이다.

정화의 빛은 아쉽게도 천마강시에 영향을 미칠 정도까
지는 되지 못했지만 다른 이들의 상황은 크게 반전시킬

터였다.

"이익…… . 네놈만은 꼭 죽여야겠다. 천마여, 그대에게
행한 속박을 거두노라. 속박 해……."

"그만."

무너지는 강시들과 소마를 독기 어린 눈빛으로 번갈아
보던 마굉자가 무언가 결심을 한 듯 주문을 외려는 순간,
누군가 그의 곁으로 내려섰다.

그리고 침묵했다. 맥이 끊긴 주문은 더 이상 효력을 이
어 가지 못하고, 결국 내공이 흩어지며 자연스레 무효화
되었다.

챠라라랑.

"응?"

갑자기 나타난 사내를 힐끗 쳐다본 마굉자는 마을 전체
에 퍼지도록 신나게 방울을 흔들었다.

그에 반응해 몸을 날려 모여드는 강시들.

황룡검대는 감히 그들을 막아설 엄두를 내지 못하고,
소마의 앞으로 모든 강시들이 집결했다.

"오러 클레이……."

눈을 가늘게 뜬 소마가 엑셀리온의 검기를 다시 한 번
변형시키려는 순간, 의문의 사내와 함께 마굉자가 빠르게
뒤로 달아나기 시작했다.

"천마폭강뢰!"

"큭!"

콰과과광!

천마강시가 폭발적인 강기를 쏟아붓는 사이 나머지 강시들도 일제히 몸을 빼 달아났다.

"아닛?!"

"대협!"

천마폭강뢰가 떨어진 초토화된 대지를 향해 황세령과 혁성 등이 모여들었지만, 하늘 높이까지 치솟은 먼지 때문에 소마의 생사는 확인할 수 없었다.

후우우웅

그때, 어느 한곳에서부터 돌풍이 부는가 싶더니 먼지가 걷히고 인상 쓴 소마의 모습이 드러났다.

"쓰읍. 가려면 곱게 갈 것이지……."

기습적으로 쏟아진 강기 다발을 정면으로 막아 낸 소마는 툴툴거리면서 전투 모드를 해제했다. 촉수가 줄어들 듯 흉갑의 형태로 변하는 전신 갑옷.

일행들은 놀람과 경외의 시선을 가득 담아 소마를 쳐다봤다.

"눈빛들이 왜 그래? 부담스럽게. 남자한테는 취미 없으니까 저리들 가라고. 훠이~훠이~"

그것이 부담스러웠는지 소마는 손사래를 쳐 댔지만 일행의 눈빛은 변할 줄을 몰랐다.

"저, 이거……."

마찬가지의 눈빛으로 쳐다보다 소마와 눈이 마주친 황세령은 자신의 실수를 깨닫고 들고 있던 크루세이더를 건넸다.

검이 한 자루건 여러 자루건 허락 없이 남의 검을 쥐고, 사용하는 것은 금기시 되는 것이다.

조금 전 잠시 사용하면서 신검이라 불릴 만큼 엄청난 능력을 지닌 검이라는 것을 알고, 탐이 나기도 했지만, 자신이 욕심 부릴 만한 것이 아님을 그녀는 알았다.

"아, 그래."

휘익.

뎅겅.

씰룩 미소를 지으며 크루세이더를 받아 들던 소마는 녀석을 손에 쥔 순간 잔뜩 인상을 쓰며 바닥에 내던져 버렸다.

"헉?"

"무슨……."

영문을 모르는 일행들은 그의 심기를 불편하게 했을까…….

깜짝 놀라 반응했지만 소마는 바닥에 팽개쳐진 크루세

이더를 한껏 노려볼 뿐이었다.

"젠장, 봉인이 풀렸나 보군."

"……?"

"더럽게 시끄럽네."

그랬다.

소마가 크루세이더를 내팽개친 이유는 손에 쥐는 순간 머릿속으로 몰려드는 끝없는 수다 때문인 것이다.

성능은 좋지만 너무나 시끄럽게 군다는 이유로 녀석의 에고를 봉인해 뒀던 것인데, 조금 전 황세령이 지닌 순수하고 끝없는 신성력과 만나면서 봉인을 깨어진 것이다.

잔뜩 인상을 쓴 채 홀로 중얼거리던 소마는 황세령을 한 번 슥 쳐다보더니 다시 입을 열었다.

"당분간 너 써라."

"네?"

"너 쓰라고. 대충 기초 중의 기초는 배웠으니 그걸 반복하면서 나머지는 이놈한테 배우면 될 거야. 신성 주문이라면 이 녀석이 나보다 몇 백 배는 더 잘 알 테니까."

"아……!"

다른 사람들은 알 수 없는 둘 만의 대화였다.

황세령이야 크루세이더의 정체를 쥐는 순간 알았을 테고, 그러니 알려 준 적도 없는 정화 주문을 사용한 것이겠지만, 다른 이들은 검이 말을 할 것이라고는 상상도 할 수 없을 것이다.

이 세계에서도 검명이니, 신검합일이니 해서 검과 일체화가 되는 무공의 경지가 있지만, 그것과 검이 말을 하는 것은 상이한 일이었다.

"감사합니다."

때문에 일행은 감격에 겨운, 거의 울 듯한 표정으로 대답하는 황세령을 이해하지 못했다.

그러나 소마의 속셈은 다른 곳에 있었다. 이 세계에 오면서 이미 많은 힘을 소모해 잔여 신성력이 많지 않은 크루세이더를 황세령에게 맡기면 자연스레 다시 최고치까지 신성력이 충전될 것이 아닌가.

더욱이 그녀의 힘을 이용해 보호 주문이나 공격 주문을 대신 펼칠 테고, 그러면 그녀에게 쏟아야 할 귀찮음이 크게 줄어들 것이다.

게다가 그녀가 신성력을 다루는 능력과 속도도 크게 향상될 테니 누이 좋고 매부 좋은 일이 아니겠나?

어쩌면 잘된 일이라 고개를 끄덕거리며 소마는 일행들을 추슬렀다.

제20장

무림맹의 비밀 호위

porte moi wagon enle

moi fregate loin loi

ici la boue est faite

de nos pleurs – est i

vrai parfois que le

triste cœur d'Agathe

loin des remords des …

희생된 마을 사람들이 안타까웠지만 일행이 할 수 있는 것은 아무것도 없었다.

갑작스레 등장한 마교와, 암암리에 자신들을 노리고 있을 누군가의 습격을 걱정해야 하는 상황. 위령제를 지내거나 그들의 장사를 지내 줄 만한 시간적 여유가 되지 않기 때문이다.

이번만큼은 사태의 심각성을 고려해 황세령을 억지로 잡아 끈 혁성은 본 단에 전서구 한 마리를 날려 이곳의 수습을 부탁하는 것으로 그녀를 달랬다.

다행히 크루세이더와의 대화와, 또 사용 가능한 신성력

의 수위를 높이고 주문을 익히는데 흠뻑 빠진 그녀는 더이상 그 일을 마음에 걸려 하지 않았고, 아티펙트들의 완벽 개조를 확인해 만족스러운 소마와, 그런 그의 눈치를 보는 황룡검대의 어색한 동행은 계속됐다.

"흠, 그런데 정말 어디로 가는 거지?"

그 일이 있은 후, 혼자 이것저것 만지작거리며 따라가던 소마가 문득 질문을 던졌다.

비밀스러운 치료를 위해 이동한다더니 갈수록 번화한 도시들이 나타나는 것이다.

그것이 점점 대범해지는 습격을 방지하기 위한 행로이며, 이전의 이름 없는 마을처럼 죄 없는 이들의 희생을 방지하기 위함임을 알고는 있으나, 이 방향이라면 점점 사람도 많고 무인도 많은 어떤 지역에 가까워질 것을 소마도 알고 있었다.

"설마……?"

"……맞소. 무림맹이오."

몇 번의 전투를 치르며 이제는 제법 조심스러운 말투로 소마를 대하게 된 혁성이 답을 내놓았다.

그동안은 소마의 정체를 알 수 없어 숨겨 왔지만 이렇게 된 이상 숨길 이유가 없기 때문이다.

더욱이 소마가 검왕을 살렸다는 소문이 사실이라면 황

세령 대신에라도 그를 안내하는 게 옳은 일이리라.

"무림맹?"

설마 진짜로 그곳일 줄은 몰랐다는 듯 소마가 눈을 반짝였다.

치료할 사람이 있다더니 무림맹으로 향한다? 그렇다는 것은 그녀의 어설픈 신성력에라도 기대야 할 굉장히 위중한 누군가가 무림맹에 있다는 말이 아닌가?

그런 자라면 분명 보통 직위는 아닐 것이고 무공도 어느 수준을 넘어설 것인데 흉수가 어떤 자일지 궁금해졌다.

혹시, 검왕을 중독시킨 자와 같은 사람은 아닐까?

"목소리를 낮추시오. 앞으로는 대로를 따라서만 가게될 테고, 본 단의 지원 병력과 무림맹의 비밀 호위가 함께할 테니 습격은 없겠지만 아직은 조심하는 것이 좋소."

흡사 무신과도 같은 무위를 펼친 소마에게 할 말은 아니었지만, 어쨌든 위험한 것은 무공을 모르는 황세령이기에 혁성의 목소리가 낮게 가라앉았다.

그만 모르고 있을 뿐, 크루세이더를 가진 황세령은 이제 누구도 쉽게 해할 수 없는 능력을 지니게 됐지만 말이다.

"비밀 호위라?"

그렇기에 이어 말이 나온 황룡상단의 추가 병력과 무림

맹의 비밀 호위라는 말에 소마는 더욱 눈을 빛냈다.

"그들은 언제 만나지?"

"사흘 후쯤 합류할 것이오."

"흐음, 그래?"

그 말을 듣는 소마가 묘한 웃음을 지었다.

*　　　*　　　*

거듭된 습격을 겪은 황룡검대는 안전을 확보하기 위해 무던 애를 썼다.

가장 큰길을 따라 가장 큰 마을에서, 가장 큰 객잔에 숙소를 잡았으며, 대원 중 가장 무위가 낮은 이들 둘을 먼저 보내 안전을 확인하기도 했다.

은밀하게 이동하려 해도 덫을 놓고 기다리는 적들이라면 차라리 대놓고 대로를 활보함으로써 섣불리 움직이지 못하게 억제하려는 전략이었다.

그 예상이 맞았던 건지, 아님 예상 외로 엄청난 고수인 소마라는 인물에 대한 부담감 때문인 건지 적어도 마교 측에서는 더 이상 공격해 오지 않았다. 그리고 그렇게 이틀이 지났다.

"그대가 황룡대주입니까? 우린 그곳에서 나왔습니다."

"생각보다 빨리 오셨군요. 황룡 육대주, 혁성이라 합니다."

"무명이라 부르시오."

예상보다 빠르게 무림맹의 비밀 호위들이 일행을 찾았다.

혁성은 경계했으나 맹주를 나타내는 모종의 표식을 확인하고 그들을 안으로 들였다.

"곤란한 일들을 겪었다는 소식을 듣고 조금 서둘렀소. 혁 대주, 그녀는 어디에 있소?"

이해한다는 듯 고개를 끄덕인 사내는 곧장 황세령부터 찾았다.

그들을 찾은 자가 누구일지 몰라 그녀는 소마와 함께 안에 두고 혁성이 자신만 먼저 나와 본 까닭이다.

"안에 계십니다. 모시고 나오지요."

느껴지는 기운만 보더라도 결코 자신의 아래가 아닌 죽립의 사내들에 혁성은 절로 공손해지지 않을 수 없었다.

하지만 그보다 먼저 황세령과 소마가 그들 앞에 나섰다.

"오호, 저 녀석들인가?"

씨익.

영문 모를 음흉한 미소와 함께 소마가 중얼거렸다.

"그대가 마룡참 소마인가?"

죽립을 살짝 들어 올린 무명이란 자가 건조한 목소리로 소마에게 물었다.

모두가 그러했듯, 소문만으로는 실력을 믿기 어렵다는 반응.

소마는 대답하지 않은 채 미소를 유지할 뿐이다.

'아직 소문이 나지 않은 모양이군.'

며칠 전 벌어진 마굉자와의 대결이 알려졌다면 그새 또 다른 별호가 붙었을지 모르지만 마을 사람들이 몰살당한 탓에 목격자라고는 황룡검대와 황세령만이 있을 뿐, 그마저도 전서구로 알렸다간 아무도 믿지 않을 것이라 아직 아무에게도 말하지 않은 탓이었다.

이미 무림에 뛰어들긴 했지만 귀찮은 것을 싫어하는 소마이기에 다행이라 여기며 그들을 훑어보았다.

"으흠."

무명의 사내는 그것이 마음에 들지 않았지만, 소란을 피울 수는 없는 노릇이라 억지로 황세령에게 관심을 돌렸다.

"무공을 모르는 것으로 아오만……?"

그리고 그녀의 허리춤에 매인 크루세이더를 보고 의아한 듯 입을 열었다.

"호신용이에요."

황세령의 대답에 무명은 피식 웃음을 지었다.

비웃음. 명백히 그것이다.

그녀가 내공을 익히지 못한다는 것은 그도 알고 있는 사실일뿐더러, 그녀를 노리는 자들은 하루이틀 검을 휘두른다고 저항할 수 있는 수준이 아니었으니까.

혁성은 그의 반응이 거슬렸으나, 그녀의 안전을 위해 참을 수밖에 없었다.

"좋소. 그럼 움직입시다."

"지금…… 말인가요?"

제법 늦은 시간임에도 다짜고짜 이동을 제안하는 그들에게 의아함을 표했지만, 그들은 조금의 머뭇거림도 없이 주변을 정리했다. 과연 무림맹 비밀 집단다운 처리 능력이다.

상황이 이렇게 되자 황룡검대로서도 얼떨떨하나 따를 수밖에 없었다.

모종의 첩보를 얻고 상대의 예상보다 빠르게 움직인다는데 그들이 반대할 이유도, 명목도 없는 것이다.

무공 수위가 낮은 황룡 7대는 거의 전멸에 이르고 남은 것은 혁성 휘하의 황룡 6대에 속한 절정 무인 일곱뿐이라 이동은 빠르고 신속했다.

기동력을 살려야 하기에 일류급인 황룡 7대원들은 본단으로 개별 복귀시킨 덕이기도 했다.

"하아, 아직 멀었나요?"

무공을 모르는 황세령에게는 제법 강행군이라 할 수 있으나, 소마에게 신성력 사용법을 배우면서 체력이 많이 좋아졌기에 그나마 버틸 수는 있었다.

물론 신성력으로 버티고, 회복힌다 해도 정신적 피로감은 어쩔 수 없지만.

"곧 안전지대에 도착하오."

반나절에 가까운 시간 동안 쉬지 않고 이동했건만 무명은 전혀 지치지 않은 모습으로 답했다.

황세령을 돌아가며 업고 달리는 황룡검대와 달리 그들에게 이 정도 늦춰진 속도는 훈련 정도의 수준도 되지 못하는 것이다.

그때 소마가 주먹만 한 아티펙트를 꺼내 속삭였다.

"……."

하지만 그 소리는 아티펙트가 빨아들이듯 가져갔고 신경을 세우고 있던 누구도 듣지 못했다.

그리고 일각 후, 혁성의 돌발 행동이 일어났다.

"무슨 짓이오?!"

산을 타던 혁성과 그 수하들이 조금씩 속도를 늦추더니 몸을 돌려 전혀 다른 길로 내달린 것이다. 뒤늦게 파악한 무명이 소리쳤지만 누구도 멈추는 이가 없었다.

"제길, 쫓아라!"

한껏 인상을 찌푸린 무명은 어쩔 수 없이 그들을 뒤쫓았다.

"그렇게는 안 되지."

씨익.

그런 그들의 앞을 가로막은 것은 다름 아닌 소마였다.

소문이 무성한 소마가 나서자 그들로서도 쉽게 생각할 수 없었고, 잠시 주춤거린 무명은 수하들을 슥 돌아보며 전음을 날렸다.

"윈드 커터, 더즌."

쐐애애액.

채쟁!

그러나 그의 시도는 소마가 날린 섬뜩한 바람의 칼날에 막혀 이루어지지 못했다.

일부의 수하들이 그를 피해 추격을 이어 가려 하자 소마가 힘으로 막은 것이다.

소마에게서 아무런 기척조차 느껴지지 않았기에 그중 몇몇은 칼날에 찢겨 긴 자상을 입었다.

으드득.

점점 멀어지는 이들을 보며 무명이 이를 갈았다.

"이게 무슨 짓이냐!"

"그러는 너희야말로 무슨 짓이지?"

무명의 물음에 소마가 되물었다.

"뭐라고?"

"쭉 감시하던 주제에 갑자기 나타나서 무림맹이라고 하면 누가 믿어 줄 것 같았나? 어디서 온 놈들이냐?"

소마의 날카로운 질문에 무명은 할 말을 잃었다. 모두 알고 있었단 말인가?

"……."

그들의 은신은 완벽하다 할 수 있었지만 상대가 나빴다.

그들이 쫓던 것은 누구보다 주변의 마나에 민감한 소마였으니까.

사흘 뒤에 만나기로 한 자들이 내내 조용하다가 갑자기 이틀 전에 나타나 이동하자고 강요한다? 답은 빤한 것이다.

바로 함정.

그들이 '안전지대' 라 말한 곳은 아마도 자신들에게 안전한 장소이면서 소마들에게는 한없이 위험한 곳일 터였다.

다 안다는 표정으로 능글맞게 굴자 무명의 표정도 변했다.

더 이상 숨길 필요가 없다는 듯 살기를 진하게 피워 올렸고 소마도 그럴 줄 알았다는 듯 가볍게 엑셀리온을 들어 올렸다.

"결국 네놈이 훼방을 놓는군."

전혀 예상하지 못했던 소마의 등장.

그로 인해 이미 한 차례의 실패를 겪은 터라 무명의 분노는 극에 달했다.

어차피 무공을 모르는 황세령 때문에 멀리 가진 못했을 터. 무명은 생각을 바꾸고 수하들에게 수신호를 했다.

"그래. 그래야 재미있지."

엄청난 고수라는 소문 때문인지 하나의 진법을 이루는 비밀 호위, 아니, 복면인들.

진을 이루는 사이 공격할 틈은 충분히 있었지만 소마는 할 테면 해보라는 듯 가만히 그들의 변화를 기다려 주었다.

"개진!"

마지막으로 소마와 대치하던 무명까지 진에 가세하는 순간, 폭발적인 기세가 그들에게서 뿜어져 나왔다.

어떠한 능력을 지닌 진법인지 정확히는 알 수 없어도 그들이 가진 힘을 십이 성 이상 끌어내 주는 것은 분명했다.

그런 그들을 향해 소마가 가뿐히 손을 들어 올렸다.

"씽크홀!"

쿠구구구구궁—!

굉음과 함께 그들이 선 바닥이 구멍의 형태로 무너져 내렸다.

소마도 그저 보기만 한 것이 아니라 빠르게 캐스팅에 들어갔던 것이다.

자연재해에 가까운 모습으로 바닥이 무너지자 그들로서도 대책이 없었다.

개중 뛰어난 자들은 부서진 돌들을 이용해서, 또는 동료의 몸을 발판 삼아 벗어났지만 십여 명에 이르던 이들 중 고작 셋 만이 빠져나왔을 뿐이다.

나머지는 그대로 추락하여 부상을 입거나, 지하에 고립되고 말았고.

소마가 무너뜨린 땅의 깊이는 제법 깊어서 천상제나 허공답보쯤은 할 수 있는 고수가 아니고서는 혼자의 힘으로 빠져나오기 어려울 터였다.

"함정이었나."

자신들이 판 함정의 코앞에서 적의 함정에 당하다니.

모든 것이 읽히고 있었다는 치욕스러운 생각에 무명의 얼굴이 붉게 달아올랐다.

물론 사실과는 달랐지만 말이다.

"오호, 판단이 빠른데?"

동료를 발판 삼아 빠져나온 이들을 보며 소마가 신기한 듯 이죽거렸다.

남들은 손가락질 할 수 있었지만 그가 보기에 그들의 판단이 빠르고 정확했던 것이다.

동료 생각해 주다가 다 죽어 버리면 땅속에서 허우적거

리는 저들은 누가 구해 주겠는가?

실제로 메세지 마법을 통해 혁성들에게 말을 전한 시점부터 준비한 만큼 씽크홀 주문은 제법 시간이 걸리는 대신, 이전의 세계에서도 플라이 마법을 빠르게 펼칠 수 있는 일부 고위 마법사가 아니고선 피해 낸 자들이 몇 없을 만큼 상당히 위협적인 마법 중 하나였다.

하지만 이 사실을 알 리 없는 무명의 입장에서는 놀리는 것처럼 보일 뿐이다.

"닥쳐라!"

이미 서로의 입장이 분명한 상태에서 더 이상의 말은 필요 없다는 듯, 마법을 피해 낸 세 사람은 일제히 검기를 피워 올렸다.

수하들을 모두 잃은 상황에서 임무는 실패로 돌아간 것이나 다름없는 것이다.

"이 동네는 칭찬을 해 줘도 화를 내는 놈들이 참 많단 말이야."

심통이 난 듯 코끝을 씰룩 거린 소마는 엑셀리온을 힘껏 휘둘렀다.

'끝났다.'

날카로운 검기를 휘두르는데 고작 검에 내공을 담은 정도로 응수해 오다니, 소마에 대한 소문이 거짓이었음을 확신하며 무명은 비릿한 미소를 올렸다.

쩌엉!

그러나 소마를 상대했던 모든 상대가 그러했듯이, 잠시 후 황당함과 혼란으로 가득 찰 수밖에 없었다.

검기를 휘두른 것은 분명 자신이건만 깨어질 듯 휘청거린 거 또한 자신인 것이다.

엑셀리온과 부딪힌 검기는 금방이라도 깨어질 듯 파르르 위태롭게 흔들리고, 무명의 입에서 한 줄기 선혈이 뿜어졌다.

"대주!"

우두머리가 손해를 보자 나머지 둘의 검 또한 흔들렸다.

"이봐, 한눈팔면 안 되지."

터엉!

연이어 소마가 마나를 실어 휘두르자 엑셀리온은 몽둥이처럼 둘을 패대기쳤다.

검기를 두르고도 당했다는 혼란과 패배감.

검기 대 검기의 대결이었다면 협공을 하든, 내력을 격발시키든 어떤 수를 써서라도 다시 덤벼들었겠지만 차원이 무공 수준을 뜻하는 일 초에 당했기에 누구도 함부로 덤빌 의지를 만들어 내지 못했다.

"잉? 벌써 끝이야?"

이쯤 되면 그래도 어느 정도 마나가 들끓는 느낌이 있어야 하는데 놈들이 전의를 아예 상실해 버리자 소마도 조금은 허탈해졌다.

자신이 이기는 거야 당연한 일이지만, 그래도 다시 덤벼들 패기는 있을 줄 알았건만 벌써부터 동료도 버리고 달아날 궁리를 하는 것 같아 보이는 것이다.

"그러지 말고, 필살기 같은 써 보는 건 어때? 최후 초식이라든가 하는 그런 거 있잖아. 셋이 동시에 쓰면 혹시 모르지 않겠어? 응?"

덕분에 뭔가 상황이 이상해졌다.

그들을 이대로 떠나 보내기 싫은 소마가 거의 애원하듯 그들의 반격을 요구하는 것이다.

놈들은 순간 멍한 표정을 지었지만 곧 조롱당한 것임을 깨닫고 이를 앙다물었다.

"흩어져라! 누구라도 살아남아 본대로 복귀한다!"

천마강시와 마찬가지로 무명은 소마에게 힘껏 장력을 뿜어내며 몸을 뒤로 빼냈다.

구멍에 빠진 자들을 향해 작은 구슬 하나를 던지는 것도 잊지 않았다.

퍼엉!

"끄아아악!"

구슬이 바닥에 닿자 폭발하며 푸른 연기가 피어올랐다.

아비규환 같은 비명 소리가 퍼진 것도 그와 함께였다.

포로가 되어 고문받을 것을 염려한 무명이 독을 던져 수하들을 스스로 처리한 것이다.

항거할 수 없는 적을 만났을 때 택할 수 있는 최선의 방법이었다.

소마는 그럴 생각이 전혀 없었다는 게 문제였지만.

"쩝! 별 이상한 놈들을 다 보겠군."

사부의 품을 떠나 용병 생활을 시작한 초창기 자신을 몰라 본 어쌔신 길드가 하던 짓과 흡사했기에 무슨 의도 인지는 잘 알고 있었다.

하지만 녀석들도 그렇고, 이놈들도 그렇고 참 쓸데없이 동료의 목숨을 버리는 것은 마음에 들지 않았다.

이렇게 스스로 동료들을 죽여 놓고서 나중에는 복수를 하겠답시고 귀찮게 굴겠지.

잠시 그들을 쫓아가 해치울까 고민했지만 이래저래 어 차피 똑같을 것이라 생각하며 다시 메세지 마법이 담긴 아티펙트를 꺼냈다.

"모두 정지! 상황 끝났으니 돌아와라."

다시금 발현된 소마의 메세지 마법에 모두의 움직임이 우뚝 멎고, 다시금 길을 거슬러 소마의 곁으로 돌아왔다.

몇 차례 자신들의 힘만으로는 해결할 수 없는 어려움을 겪고 나니 소마에 대한 신뢰가 절로 생긴 것이다.

어설프게 황세령을 데리고 달아나기보다는 십대초인에 버금가는 고수인 소마의 곁에 있는 것이 훨씬 안전했다.

그들이 돌아와 가장 먼저 한 일은 황세령의 힘으로 독을 정화하고, 적들의 흔적을 찾는 것이었다.

옷가지나 소지품, 그리고 싸움의 흔적 등을 살피면 상대의 정체가 대략적으로나마 윤곽이 잡히지 않을까 하는 생각에서였는데 안타깝게도 적들은 비밀 집단답게 소지품이나 옷차림에서 특징을 남기지 않았다.

또한 싸움은 흔적이랄 게 남지도 못할 만큼 간단하고 싱겁게 끝이 났기에 정보를 얻기에는 역부족이었다.

다만 순식간에 몸을 녹여 버릴 만큼 강력한 독을 지닌 자들이라는 것에서 그 집단의 무서움만 다시금 확인할 수 있었다.

"셋이나 달아나 버렸네? 미안!"

단서를 찾지 못해 침울해진 그들을 보던 소마가 시원하

게 사과했다.

자신이 사과할 일은 아니라고 생각하긴 하지만, 크게 어려운 일도 아니니 화끈하게 이야기 한 것이다.

일행들도 소마에게 고마워했으면 했지 탓할 일이 아님을 알기에 크게 신경 쓰지 않았다.

소마라는 강력한 조력자가 있다는 걸 알았으니 더 큰 함정을 파거나 섣불리 움직이지 못할 것이라는 예상만을 할 뿐.

상황을 수습한 일행은 재빠르게 원래의 경로로 복귀하며 진짜 무림맹과 황룡상단의 지원을 기다렸다.

그리고 정확히 이틀 후, 늦지 않게 그들과 합류할 수 있었다.

반나절의 차이가 벌어졌지만 황세령의 체력이 좋아지면서 그만큼의 차이를 메울 수 있던 것이다.

"이제부터는 저희가 모시겠습니다."

그들의 초청을 받고 움직이는 것이니만큼 진짜 무림맹의 호위들은 황세령과 황룡검대에 깍듯했다.

물론 소마에게도 마찬가지였다.

그녀를 몇 번이고 구해 줬다는 것 이외에도 소마에게는 검왕의 은인이라는 꼬리표가 붙어 있기 때문이다.

더욱이 그의 딸인 빙화와 약혼 사이라느니, 이미 일을

치렀다느니…… 하는 소문들까지 저잣거리에 무성한 상태였다.

본래는 소마가 은거 아닌 은거를 하면서 수그러들었던 이야기들이지만 다시 무림의 전면에 모습을 드러내며 활약상들을 만들어 내자 최근에는 더욱 부풀려지고 있었다.

빙설영과 황세령이 연적 사이라는 소리까지 말이다.

사실 소마가 알려진 것에는 황룡상단의 상단주, 황금손의 영향이 컸다.

그가 딸인 황세령의 안전을 위해 소마의 활약상을 부풀려 퍼트림으로써 적들이 쉽게 그녀를 공격하지 못하도록 억제한 것이다.

소마의 참룡검이란 별호가 마룡참으로 바뀐 것도 바로 그 때문이었다.

혁성이 상황에 대해 적어 날린 전서구를 보고 전대 고수 노구완의 팔을 일검에 날려 버린 초절정의 고수로 소문내면서 그 이하의 무공 수위로는 다가가는 것을 엄두도 내지 못하게 만든 것이다.

덕분에 황세령에게도 과년한 처자에게 어울리지 않는 소문들이 더러 생겨났지만, 황금손의 입장에서 전서구의 내용이 사실이라면 그 또한 나쁘지 않다는 생각이었다.

무림과 떨어져서 생각할 수 없는 상단의 특성상 한 푼

의 돈보다 한 명의 고수가 간절한 상황이었고, 그와 같은 고수가 사위가 되어 준다면 든든하지 않을 수 없었다.

이만한 부를 이룬 그에게도 소마 같은 고수는 천금을 주고라도 초빙하고픈 고급 자원이니까.

더구나 그를 집안에 들이는 순간, 십대초인 중 하나인 검왕에게도 한 가지 부탁을 할 수 있는 권리가 생기는 것이 아니겠는가.

들리는 얘기로 소마의 얼굴도 못난 편이 아니라 하니 이처럼 좋은 기회도 드물었다. 딸아이의 마음이 가장 중요한 것이겠지만 말이다.

물론 그가 의도적으로 황세령과의 관계에 대해 소문을 퍼트린 것도 없지 않았다.

"부탁드려요."

덕분에 비밀 호위 중 일부는 소마와 황세령의 모습을 힐끔거리는 이들도 있었지만, 이상한 시선에 익숙한 소마였기에 크게 개의치 않았다.

황룡상단에서 추가로 파견된 고수들과 무림맹의 비밀 호위들까지 더해지자 일행의 규모는 꽤나 커졌다.

그렇지 않아도 열이나 되던 인원에 지원군 열과 비밀 호위 다섯이 더 붙으며 스물다섯이나 되는 대 행렬이 되어 버린 것이다.

하나 같이 뛰어난 고수들이고 은밀히 다닌다 해도 너무 시선을 끄는 숫자였다.

소마와 황세령을 제외하더라도 절정 이상의 고수가 스물셋. 어지간한 대문파의 전력과도 비견되는 엄청난 전력이지만 노구완이나 마굉자 같은, 그 이상의 고수가 나타난다면 더없이 무력할 수도 있는 전력이기도 했다.

물론 소마라는 변수가 있긴 했지만 말이다.

참으로 애매한 상황이지만 무림맹에서 파견된 자들은 의외로 개의치 않았다.

이미 무림맹의 총 단이 위치한 장안에 가까워진 상태이기도 했고, 무림맹의 정보망을 움직여 주변과 적들의 상황을 모두 보고받고 있기 때문이다.

호위의 가장 위험한 순간이 목적지에 도착하기 직전이라는 원칙을 그들은 잘 알고 있었다.

어쨌든 그들의 합류 덕분에 일행의 마음도, 물리적 여건도 꽤 편해졌다.

정보력을 이용해 편하고 안전한 곳들로 안내한 것도 있고, 인피면구를 쓰고는 있지만 알고 보면 그들이 내노라하크는 강호의 고수들이라는 사실이 심적 안정을 주는 것이다.

물론 소마에게는 큰 의미가 없는 것이었지만.

"아함— 그냥 무림맹까지 쭉 달려가는 것도 괜찮았을 텐데 말이야."

제법 속도를 내면서도 신중에 신중을 기하는 그들을 보며 소마가 혼잣말을 중얼거렸다. 마교는 정제보를 사들이든 더 이상 그들을 쉽게 공격해 오지 못할 것이라는 사실을 소마는 알고 있는 것이다.

마교야 호되게 당했으니 겁을 먹었을 테고, 그 사기꾼 같은 녀석들은 소마라는 정체불명, 무위 측정불가의 고수가 있다는 사실에 부담감을 가질 것이기 때문이다.

더욱이 황세령을 초청하는 것도 그 누군가를 치료할 수 있다는 십 할 확신이 있어서가 아닌 지푸라기라도 잡는 심정으로 진행하는 것이라는 이야기를 들었다.

그렇다면 이미 두 번의 실패로 제법 많은 고수를 잃은 상태에서 무리하면서까지 그녀를 납치 또는 암살하려 할 필요가 없지 않겠는가?

때문에 아예 상대가 예상 못할 만큼 저돌적으로 나서는 것도 허를 찌르는 방법일 수 있다 생각한 것이다.

아마 소마 자신이 이 행렬의 책임자였다면 그렇게 했겠지.

소마가 팔짱끼고 그들이 하는 요량을 보며 따르는 동안 일행은 어느덧 장안성 내부로까지 진입했다.

제21장

무림맹, 입성

...mporte moi wagon enle

moi fregate loin lo

ici la boue est faite

de nos pleurs - est

vrai parfois que le

triste cœur d'Agath

loin des remords des..

일단 장안성 내부로 들어서자 비밀 호위들은 걸음을 서둘렀다.

사전에 이야기한 대로 황룡검대의 일부는 한 명씩 준비한 소녀들을 변장시켜 각자 다른 길로 무림맹을 향했고, 진짜 황세령에게는 소마와 혁성, 그리고 비밀 호위대의 대주와 부대주만이 함께해 길을 열었다.

또한 그날은 유독 장안성에 사건과 사고가 많은 날로 기록됐다.

가짜 황세령을 대동한 자들이 거짓 소란을 피우거나 비밀 호위대와 관련된 자들이 거짓 사고를 만들어 낸 것이다.

그러는 사이 소마와 일행들은 무탈하게 무림맹 총단에
들어설 수 있었다.

총단으로 들어가기 위해 필요한 신원 확인도 인피면구
를 벗은 비밀 호위대주의 보증하에 거치지 않고 통과했다.

그녀가 이곳에 온 것이나 치료할 사람에 대한 이야기는
어디까지나 비밀이었으므로 아직은 노출되어서는 안 됐기
때문이다.

"그대들은 여기서 기다리시오."

총 단 내부에서도 사람들의 눈을 피해 구불구불한 길을
통해 어떤 전각에 들어온 소마와 혁성에게 대주라는 자가
입을 열었다.

마침내 치료 대상이 있는 장소 코앞까지 도착한 것이다.

"그럴 수는 없습니다. 저는 아가씨의 곁을 지키겠습니다."

하지만 불안한 것은 혁성도 마찬가지였다.

그들이 소마와 혁성을 못 미더워하듯 혁성 역시 그녀
혼자 보내는 것이 불안한 것이다. 더욱이 한 번 속았던 경
험이 있기에 쉽사리 그녀를 혼자 보낼 수 없었다.

하지만 소마는 생각이 다른 모양이었다.

"그럼 그동안 좀 둘러봐도 되나?"

"입구에 주황색 천이나 붉은 천이 달린 곳만 피하면
될 것입니다. 그곳들은 일부 허락된 자들에게만 개방된

곳이니."

대주는 고개를 끄덕이며 허락하자 혁성은 소마를 원망스레 쳐다봤다.

그래도 이곳까지 함께 온 정이란 것이 있는데 그녀를 위험할 수도 있는 곳으로 혼자 보내려 하는 그가 못마땅한 것이다.

그것은 그가 아직 황세령을 잘 몰라서 하는 소리였다.

"걱정 마슈. 위험에 빠져도 댁보다는 쟤가 더 안전할 테니까."

"……."

결국 마지못해 혁성도 그 자리에 기다리는 것을 조건으로 승낙했다.

"그 검은……."

저항 할 수 없는 환자에게 데려가기 때문인지 그들은 황세령이 찬 크루세이더에 난감한 기색을 표했다.

"이게 있어야 치료할 수 있어요."

하지만 황세령이 이리 말하자 어쩔 수 없이 허락했다.

무공을 모르는 그녀라면 허튼 짓을 한다 한들 그들이 제지할 수 있을 테니까.

그녀가 크루세이더와 함께 비밀 통로를 통해 사라지자 소마는 곧장 자리를 박차고 나왔다.

의뢰야 완수한 셈이니 이제 그녀가 치료를 끝마치고 나와 정산을 해 줄 때까지 자유 시간인 셈이다.

크루세이더가 있으니 노환이 아닌 이상에야 대부분 치료가 가능할 테고, 자신이 이곳에 있다고 달라질 것은 없을 테니 온 김에 무림맹 구경이나 하려는 것이다.

"호오, 제법인데?"

전각을 벗어나 대로로 나오자 소마는 무림맹이 또 하나의 성(城)과 같다고 느꼈다.

무림맹주라는 영주의 내성처럼, 또 하나의 마을이 총단 안에 구축되어 있는 것이다.

객잔이며 대장간은 물론이고, 노점이나 포목점, 전장, 십대상단의 분점까지 없는 것이 없었다.

아니, 여느 곳보다도 화려하고 다양했다.

무림맹의 총단에 들어오는 자들이라면 보통이 아닌 자들이 대부분이니 물품들은 고급이 될 수밖에 없을 것 같기도 했다.

사실 소마는 보지 못했지만 하급 무사들이나 문사들을 위한 저잣거리도 따로 있었지만.

"으앗!"

흥미로운 광경과 처음 보는 물건들에 시골 촌놈처럼 입을 헤 벌리고 걸어가던 소마는 그만 급하게 움직이던 누군가와 부딪히고 말았다.

"감히 어떤 놈이 내 앞을……."

휘청거리며 넘어질 뻔한 몸을 간신히 추스른 사내.

다짜고짜 버럭 화를 내려던 사내는 소마의 얼굴을 확인하고 뻣뻣하게 굳고 말았다.

"어라? 넌 그때 그 녀석이잖아? 혈……."

"헙, 대협! 오, 오랜만입니다. 지금은 제가 바빠서 이만……."

소마의 입을 막더니 꽁지 빠지게 달아난 자는 다름 아닌 지룡 제갈택이었다. 못 볼 것을 본 듯 한껏 일그러진 표정의 제갈택은 발바닥에 불이 나도록 발을 놀려 어디론가 사라져 버렸다.

"근데…… 저 녀석 이름이 뭐였지?"

정작 소마는 그의 이름조차 잊은 상태였지만 말이다.

"신기한 게 많은데? 이럴 줄 알았으면 진작 와 볼 걸 그랬군."

그리고 조금 전 만난 일조차 곧 기억에서 까맣게 잊어버렸다.

무림맹이 있다 해서 무공밖에 모르는 외골수들밖에 없는 무식한 동네라고 생각하고 올 생각을 하지 않았는데, 오히려 본 적 없는 물건들이 즐비한, 상당히 발전된 도시

였던 것이다.

소마가 몰랐을 뿐, 장안은 상거래 역시 활발한 도시 중 하나로 십대상단 중 두 곳의 거점이기도 한 곳이었다.

그때부터 소마의 묻지 마 구매가 시작됐다.

수중에 은자도 충분했고, 여차하면 아공간 속의 보물들도 있으니 돈 걱정 따위는 없는 것이다.

관심이 가는 것이라면 그것의 가격이 얼마든, 용도가 무엇이든 소마는 일단 아공간에 쓸어 담고 보았다.

*　　*　　*

드래곤의 현신이라도 된 것 마냥 신기한 것에 대한 소마의 끝없던 욕심에 제동이 걸린 것은 그를 찾아온 아리따운 두 여성에 의해서였다.

"대협!"

"오랜만이에요, 대협!"

"응?"

웅성웅성.

그녀들의 등장에 장내가 소란스러워졌다.

예쁜 장신구들을 많이 파는 이곳에 무림의 아름다운 여인들이 찾아오는 것은 흔한 일이었으나 빙화와 난화검이라는 꽃들이 동시에 찾아와, 누군가를 이렇게 반갑게 맞이한 적은 처음인 것이다.

특히, 빙화의 경우 남자에게 이리 살갑게 구는 모습을 보이는 것 자체가 처음이라 할 수 있었다.

"너희였군."

하지만 정작 행복에 겨워야 할 사내는 심드렁하게 대꾸하고 다시 고르던 물건에 시선을 돌렸다.

"그때 그렇게 가시고…… 얼마나 걱정했는지 몰라요."

익숙한 듯 그녀들은 쳐다보지도 않는 사내에게 조잘거렸고, 사내도 그것에 개의치 않으며 계속해서 물건을 살폈다.

그러나 성격이 불같기로 소문난 난화검도 그에게 만큼은 집 강아지마냥 살랑거렸다.

그녀들의 탓이라고만은 할 수 없지만, 무당에서의 사건이 못내 마음에 걸린 탓이다.

비록 아무도 모르는 일로, 없었던 일로 되어 버렸지만 같은 정파의 일원이, 그것도 정파의 기둥이라는 구파 중 하나가 그의 물건을 탐하고 핍박하는 어처구니없는 짓을 저지른 것은 사실이니까.

"그거라면 신경 쓸 것 없어. 내가 나중에 알아서 되갚아 줄 거니까."

"네?"

혼자의 힘으로 구파 중 하나에게 복수를 하겠다니.

잠시 벙찐 표정을 지은 그녀들은 소마라면 정말로 저지를지 모른다는 생각에 움찔거리며 자신들이 찾아온 진짜 목적을 이야기했다.

"검왕께서 찾으세요."

"검왕? 그 영감이 날?"

그들의 대화에 귀를 쫑긋 세우던 이들은 검왕이란 이름에 깜짝 놀랐지만, 소마의 반응은 조금 달랐다.

인상을 구기며 귀찮다는 기색을 역력히 표출한 것이다.

"뭐하러?"

다음 대답은 더 가관이었다.

무림에 몸을 담고 있는 자라면 검왕의 호출에 마땅히 기뻐해야 하건만 가기 싫은 기색을 숨기지 않고는 입 밖으로까지 내고만 것이다.

개중에 일부 검왕의 추종자들은 당장에 검을 빼 들고 소마에게 달려들 기세였지만, 그의 여식인 빙화까지 있는 마당에 나서서 설칠 수는 없어 꾹 눌러 참았다.

"대협과 함께 온 이들도 같이 있으니 길이 엇갈릴 걱정은 하지 않으셔도 좋아요."

그런 무뢰한에게도 빙화는 처음 보는 상냥함으로 계속

해서 대꾸했다.

아버지의 생명을 구해 준 은인이니 그러려니 하지만 그들을 지켜보는 이들의 가슴속에 왠지 모를 불안감 같은 것이 피어올랐다.

"흠, 그렇다면 어쩔 수 없군. 가자."

역시 능구렁이 같은 영감이라고 속으로 툴툴대며 그제야 소마가 그녀들을 따라나섰다.

검왕이 있는 전각으로 향하는 동안 소문을 듣고 모여든 무인들 때문에 소마는 상당히 심기가 불편한 듯했지만 다행히 무림맹 한복판에서 경거망동할 만큼 망나니는 아니었다.

물론 고민을 하지 않은 것은 아니지만 말이다.

"오, 자네 왔는가."

빙설영과 유화련의 안내를 받아 도착한 곳에는 그녀들의 말처럼 혁성과 이야기를 나누는 검왕이 기다리고 있었다.

"아 네, 뭐…… 오랜만이네요. 그런데 치료는 아직인가 봅니다?"

다소 예의 없게 느껴질 수도 있는 소마의 격 없는 대꾸에도 검왕은 허허 웃으며 답을 했다.

"조금 길어지는 모양이네만. 자네가 보기에는 어떤가?"

"뭐가요?"

"그 아이가 치료할 수 있을 것 같냐는 말일세. 아, 자세한 내용은 듣지 못했다고 했던가? 지금 황룡상단의 여식은 맹주를 치료하고 있다네. 과거 자네가 치료했던 것과 비슷한 독이지."

이야기하는 검왕의 표정이 조금 무거워졌다.

그와 비슷한 독이라면 어떠한 영약으로도 해소하지 못한 극독이 아닌가.

그 때문에라도 이 사실을 안 순간부터 검왕은 소마를 수소문했지만, 갑자기 종적을 감춰 버리는 바람에 벌써 몇 개월이나 시간을 끌었다.

만일의 경우, 소마에게 한 번 더 부탁을 해 볼 요량이지만 , 그러한 영약을 소마가 또 지니고 있다는 보장은 어디에도 없었다.

"아, 그래요? 흠…… 뭐, 잘하겠죠."

맹주의 중독.

이 엄청난 사건에 무거워진 장내 분위기와 달리 소마는 아주 간단하게 답했다.

"그 말은…… 그 아이가 맹주를 치료할 수 있다는 뜻인가?"

"아마도요. 예전이라면 택도 없겠지만, 지금이라면 '그

녀석'도 함께니까 불가능하지는 않을 겁니다."

별것 아니라는 듯한 소마의 무책임한 발언에 검왕의 표정이 밝게 펴졌다.

아주 짧은 시간 보았을 뿐이지만, 소마가 허언을 할 위인이 아님을 알고 있는 것이다.

그리고 가늠할 수 없을 만큼 놀라운 능력을 지니고 있다는 것도.

알 수 없는 황세령의 힘을 소마가 보증하니 왠지 모르게 무조건적인 믿음이 생겨났다. 아니면 그렇게 믿고 싶었거나.

듣기로 소마가 황세령의 신성력을 가르치기도 했다니 어쨌든 가능성은 높지 않겠는가?

검왕의 정광 가득한 두 눈이 무언가를 향해 밝게 빛났다.

"자네 말을 들으니 믿음이 가는군. 정말 성공한다면 황룡상단은 아주 큰 힘을 얻게 될걸세."

검왕의 장담에 혁성은 가슴이 벅차오름을 느꼈다.

정말로 맹주의 중독을 황세령이 해결할 수 있다면 무림맹과 관련된 커다란 이익들을 황룡상단으로 가져올 수 있지 않겠는가? 어쩌면 무림맹의 소속 무인을 한시적으로 고용할 수 있는 협약을 맺게 될지도 몰랐다.

아니, 다른 모든 것을 떠나 십대초인 중 하나인 맹주가 힘을 실어 주는 거 하나만으로도 엄청난 이득이기는 했다.

"그래, 자네는 어떻게 지냈나? 최근의 활약상에 대해서는 간단히 들었네만."

검왕의 물음에 소마는 빙설영과 유화련을 살짝 돌아보았다.

불안에 떨리는 눈빛.

그것에서 그가 무당에서의 일을 모르는 것이 확인됐다.

"뭐, 좀 놀고먹었습니다."

그녀들의 눈빛을 읽은 소마는 굳이 그 일을 입 밖에 내지 않았다.

검왕의 성정으로 보아 그 이야기에 대해 듣는 순간, 당장에 무당으로 쳐들어가 휘저어 놓을 것이고, 그것은 소마도 원하는 바가 아닌 것이다.

'그건 내 몫이니까 말이야.'

결자해지.

자신이 맺은 인연과 악연은 자신이 푼다는 것이 소마의 지론 중 하나였다.

"하하, 자네답군. 난 또 참룡검에 마룡참이라는 거창한 별호까지 얻어 와서 생각이 바뀌었나 했다네. 하하하."

그 성의 없는 대답에 검왕은 호탕한 웃음을 지으며 고

개를 끄덕였다.

그가 겪어 본 소마라면 충분히 그러고도 남을 위인인 것이다.

애초에 허튼 공명심 같은 것은 키우지 않는 사내였다, 소마는.

'참룡검은 당신이 붙인 거잖수.'

그의 말을 들으며 소마는 그 말이 턱 끝까지 올라왔지만 꾹 눌러 참았다.

"어떤가, 오랜만에 비무 한 번 해 보지 않겠나?"

"헉!"

실실 웃다가 느닷없이 비무를 청하는 검왕의 모습에 소마보다 혁성이 숨 넘어갈듯 놀랐다.

소마의 무위가 대단하다 생각은 했지만, 검왕과 비무를 할 만큼 뛰어날 것이라고는 생각지 못한 것이다.

하지만 과거와 달리 안정되고 월등히 높아진 소마의 마나를 검왕은 느끼고 있었다.

"뭘 오랜만입니까, 우리가 언제 비무를 했다고. 그리고 안 해요, 안 해. 그런 무식한 푸닥거리를 내가 왜 합니까."

소마는 여전히 능청스러운 말투로 손사래를 치며 거절했다.

몸 상태도 회복되었고, 아티펙트도 대부분 이곳 마나의 파장에 맞춰 개조를 끝낸 상태였지만 굳이 남는 것도 없는 싸움을 할 이유가 없었다.

'힘 조절도 안 될 것 같고 말이야.'

그때 연약한 그림자가 문 밖에 나타났다.

"검왕님, 소녀 황세령이옵니다."

"오, 드디어 왔나 보군."

검왕의 허락과 함께 황세령이 비틀대며 들어왔다.

낯빛이 창백한 것이 탈진을 할 만큼 많은 신성력을 쏟은 모양이다.

"쯧쯧, 아직 멀었군."

맹주의 치료를 위한 일이었음을 알기에 모두가 조심조심 그녀를 부축했지만, 오직 한 사람. 소마만큼은 팔짱을 낀 채 혀를 찼다.

성녀의 힘을 완전히 각성했다면 같은 독을 연속해서 세 번을 치료하더라도 무리가 없을 것이기 때문이다.

"치료는 어떻게 됐나?"

조금은 긴장한 듯한 모습으로 검왕이 입을 떼었다.

소마의 보증이 있긴 했지만 막상 그녀가 나타나자 불안해진 것이다.

그 자신조차도 이겨 내지 못한 극독이 아니던가.

"잘 끝났습니다."

"아아……."

그녀의 입에서 긍정적 대답이 나오자 비로소 모두의 표정이 풀어졌다.

"해독은 완료하였으나 병상에 오래 계셔 체력이 많이 떨어지신 상태라 얼마간 요양이 필요한 상태입니다. 하지만 곧 털고 일어나실 테니 염려 놓으셔도 됩니다."

"고맙네, 고마워. 내 앞으로 황룡상단의 일이라면 발 벗고 나설 것이네."

오랜 친우의 회복 소식에 검왕은 체면도 버리고 황세령의 두 손을 꼭 잡은 채 감사의 인사를 거듭했다.

"황 소저가 피곤한 듯하니 자리에 눕히고 오겠습니다."

검왕의 그녀의 손을 잡고 한참을 놓을 줄을 모르자 빙화가 눈을 흘기며 나서 둘을 떼어 놓았다.

황세령도 피곤한지 기대듯 두 여인을 따라갔고, 그녀들과 혁성이 방에서 나가자 검왕의 눈빛이 날카롭게 변했다.

"자네가 보기에는 어떤가."

"뭐가요?"

"지난번과 이번 일의 흉수가 누구일 거 같은가 말일세."

흉수의 정체에 대해 소마의 조언을 구하는 것이다.

"그거 찾으려고 한바탕 뒤집은 거 아니었습니까?"

당연히 소마가 알 리 없다.

자리를 털고 일어난 후, 흉수의 뒤를 캐기 위해 무림을 한바탕 뒤엎은 그가 모르는 것을 발길 닿는 대로 여행하던 소마가 어떻게 알겠는가?

하지만 검왕이 원하는 대답도 그런 것은 아니었다.

"마교의 소행 같은가? 듣자 하니 자네가 이미 마교의 전대 고수 둘을 만났다더군. 그중 하나는 독과 독물에도 일가견이 있는 마굉자라지?"

이런 일을 꾸밀 만한 자들 중 가장 유력한 것이 최근 다시 모습을 드러낸 마교의 인물들이니 그들을 직접 만나 본 소마에게 느낌을 묻는 것이다.

하지만 소마는 살짝 고개를 저었다.

"만나 본 놈들 중에는 없는 것 같네요. 비슷한 기운을 가진 놈도 없고, 그럴 만한 성격도 없는 것 같고, 오히려……."

그리고 별것 아니긴 했지만 손속이 제법 악랄했던 다른 한 집단을 떠올렸다.

함정에 빠졌다는 이유로 같은 편도 무자비하게 죽일 만큼 잔인한 놈들이라면 그런 음흉한 짓도 꾸밀 수 있지 않을까?

"오히려?"

"오는 중에 웬 놈들이 가짜 무림맹 행세를 하고 끌고 가더군요. 별거 아닌 놈들이긴 해서…… 그럴 만한 능력이 될지는 모르겠지만."

자신의 기준에서 별것 아닌 놈들일 뿐, 하나 같이 절정 중에서도 중상급에 속하는 고수들이었지만 소마는 갸우뚱거리며 말을 이었다.

"허어, 무림맹 총 단을 목전에 두고 무림맹의 무사를 사칭하다니 담이 큰 놈들이군."

"겁쟁이들 같던데……."

"무림맹 행세를 할 수 있었다는 건 이미 내부에 간자가 있다는 소리겠군. 자네 말처럼 그 편이 더 신빙성이 높겠어."

검왕의 이마에 골이 더 깊어졌다.

차라리 마교면 나으련만, 내부의 적일지 모르는 비밀 집단이 상대라면 대응을 하거나 누군가와 힘을 합치기도 어려운 것이다.

누가 아군이고, 누가 적군인지 모르는 상태에서 함부로 정보를 공유할 수는 없는 노릇이니까.

"뭐, 일이 꼬이면 알아서 나타나겠죠."

잔뜩 걱정스런 표정을 짓는 검왕에게 소마는 속 편한

소리를 했다.

그것이 소마의 방식이기도 했다.

뭔가 일을 꾸미는 모종의 상대가 있다면 자꾸 그 일을 망쳐 주면 된다. 답답한 놈이 먼저 모습을 드러내기 마련이니까.

실제로 주제도 모르고 세계 정복을 꿈꾸는 멍청한 네크로맨서를 때려잡을 때도 사용했던 방법이기도 했다.

"그렇군! 나와 맹주까지 적어도 커다란 계획이 두 개나 틀어진 셈이니 조급한 건 오히려 그들 쪽이겠어. 앞으로 몇 번만 더 계획을 틀어 놓으면 그들이 저절로 나타날 수도 있겠구만."

그동안 전력이 되면서 믿을 만한 자들만 모아 두면 된다.

어차피 그가 모으려는 자들은 기본이 일당백인 초절한 고수들이니 그들이 어떤 수를 내든, 얼마나 많은 수를 모으든 헤쳐 나갈 수 있으리라.

검왕의 머릿속으로 무림을 흔들어 놓을 만한 극강의 무인 집단이 그려지기 시작했다.

그 안에는 소마도 포함되어 있었지만, 그가 뜻대로 따라 줄지는 알 수 없었다.

"한데 오늘 무슨 날입니까? 꽤나 거창한 녀석들이 모여 있는 것 같은데. 하긴, 명색이 무림맹이니 보통이려나?”

한참을 혼자서 머리 굴리는 검왕을 지켜보던 소마가 심드렁하게 물었다.

그제야 그가 이채를 띠며 다시 소마를 돌아봤다.

“알아차렸나? 맹주의 일은 비밀이지만 그것이 아니더라도 무림맹은 나름대로 비상이 걸렸다네.”

“비상?”

“무영신투가 쳐들어온다더군. 무림맹이 가지고 있는 무언가를 훔치겠다는데, 대외적으로는 맹주가 폐관 중이라 그를 막기 위해 내가 대신 왔다네.”

“엥? 무영신투?”

어디선가 들어 본 듯한, 아주 익숙한 이름에 소마가 갸웃했지만, 무엇인지 정확히 떠오르지는 않았다.

“천하제일도라 불리는 희대의 도적이네. 대를 이어 가며 도둑질을 하는데, 무공도 뛰어나고, 신법이 일절이라 예고를 하고 들이닥쳐도 막아 내기가 쉽지 않은 자이지.”

설명과 함께 검왕이 난처한 표정을 지었다.

훔치려는 것이 무엇인지 모르니 지키기도 어렵다.

다만 무림서고에 있는 몇 가지 무공 비급 중 하나가 아닐까 추측할 뿐이다.

“아! 그 영감?”

그제야 소마가 알았다는 듯 손뼉을 쳤다.

어디선가 들어 본 것 같다 생각했는데 혈귀도를 찾으러 갈 때 사라진 좀도둑 영감이 아닌가?

소마는 무림맹 씩이나 돼서 몇 번이나 도둑질에 실패하고, 기절까지 한 좀도둑 영감이 뭐 그리 무서운 것인지 이해는 되지 않는다는 표정을 지었다.

"그를 본 적 있나? 놀랍군. 워낙 신출귀몰해 좀처럼 보기 어려운 자인데."

무림의 신비인 중 하나인 무영신투를 소마가 만난 적 있다는 것에 검왕이 놀랐지만, 지겹도록 보았던 당사자는 귀찮다는 듯 대꾸했다.

"그렇지도 않던데요, 뭘."

그리고 무언가 떠올랐다는 듯 물음을 던졌다.

"근데 갑자기 왜 무림맹에 예고를 했답니까?"

"그걸 모르겠네. 하나 제갈 군사에게 직접 쪽지가 왔다더군."

씨익.

"이제 좀 짚이는 게 생기네요."

묘한 미소를 떠올린 소마가 몇 가지 질문 후, 다시 자신의 생각을 늘어놓았다.

"흠, 정말 그 정도겠나?"

혈귀도를 찾으러 가면서 헤어지기 전, 제갈택의 무례에 화가 난 그가 제갈가를 방문한다 했던 것을 근거로 한 소마의 추측에 검왕은 인상을 찌푸리며 믿고 싶어 하지 않았다.

무영신투의 예고가 무림맹이 아닌, 제갈가에 대한 것이라니.

거기다 맹주가 폐관에 들어간 후 만뇌자 제갈무기의 권한과 입김이 강해졌다고는 하나 세가의 일을 거짓으로 부풀려 맹 전체를 움직이려 하다니.

세가의 이익을 위해서라지만 그렇게 대담한 일을 벌일 것이라고는 생각하기 어려운 것이다.

"아닐 수도 있겠지만, 그 영감이 그런 말을 한 건 사실이니까요"

"흐음……."

하지만 한편으로는 제갈무기처럼 음흉하고 욕심이 많은 자라면 충분히 그럴 수도 있겠다는 생각이 들었다.

폐관이라 속이기는 했지만, 맹주가 사라진 뒤 갑자기 맹의 칼자루를 쥐고 흔들기 시작한 것이 진실을 아는 듯했고, 요즘 맹 안에서 자신의 세력을 키우려는 듯한 움직임도 포착되었다.

만일 진실이라면 이번 일을 기회로 그를 견제해 두는

것도 맹주가 돌아왔을 때 도움이 될 것이다.

고민이 깊어진 검왕은 일단 소마와 함께 무인들이 대기하고 있는 맹주전으로 들었다.

"오셨습니까, 검왕님."

검왕의 방문에 주변에 있던 무인들이 머리 숙여 예를 표했다.

그것에 익숙한지 검왕이 위엄으로 답하자 그가 가고자 하는 방향이 저절로 갈라져 길이 열렸다.

"오셨습니까. 한데 옆의 청년은……?"

"허허, 천하의 만뇌자가 모르는 것도 있던가?"

"하하. 저라고 세상 모든 일을 알겠습니까."

훤히 열린 길을 따라 맹주전의 중심부에 가까워지자 만뇌자 제갈무기가 먼저 그를 반겼다.

검왕의 소개에 이채를 띠고 소마를 보는 제갈무기.

그러거나 말거나 소마는 심드렁하게 주변을 살필 뿐이었다.

"일전에 얘기한 적 있었지? 참룡검일세. 아, 지금은 마룡참이라 불린다던가?"

"마룡참이라……? 혈천마귀의 오른팔을 일격에 자르고 요마왕의 강시군단을 단신으로 패퇴시켰다는 그 신진 고수가 이 청년이었군요."

모르는 척했지만 제갈무기가 가진 정보는 생각보다 대단했다.

아직 황룡상단에서밖에 알지 못하는 요마왕에 대한 정보까지 입수한 것이다.

비록 그 자리에 있는 누구도 천마강시에 대해 알지 못했기에 그저 독강시나 혈강시 수준의 습격으로 생각했지만, 단신으로 상대했다면 그것만으로도 충분히 대단한 일이었다.

"뭐, 그렇게 됐습니다."

제갈무기가 뱀처럼 전신을 훑는 사이 정작 일을 벌인 당사자는 별것 아니라는 듯 귀나 후빌 뿐이었다.

하지만 그것이 가지는 의미는 상당히 컸다.

눈에 띄는 강시까지 동원됐다면 권토중래를 꿈꾸는 마교의 발호가 가시화되었다는 것이고, 그것을 연속으로 물리친 소마는 새로운 무림의 신성으로 떠오를 수 있는 일이었다.

본인이 그것을 원하지 않더라도 말이다.

"역시 내 눈이 틀리지 않았지. 안 그런가, 군사? 하하."

"과연 검왕이십니다."

제갈무기가 여전히 소마를 주시하며 검왕의 말을 받았다.

"안으로 드시죠."

그리고 전각의 안쪽으로, 그들을 안내하여 했다.

"일단 자네 방으로 가지."

맹주실로 안내하려는 제갈무기를 제지한 것은 검왕이었다.

그와 함께 미세하게 떨리는 제갈무기의 표정.

주의하지 않으면 알아채지 못할 수준이었지만 소마와 검왕은 그것을 포착해 냈다.

"제 집무실 말입니까? 하지만……."

"그곳도 어차피 지켜야 할 곳 중 하나 아닌가. 그리로 감세."

검왕의 말처럼 그가 설정한 대 무영신투 방어 지역 중에는 제갈무기의 집무실 또한 포함되어 있었다.

무림맹과 관련된 중요한 문서들이 즐비한 곳이니 당연한 일이다.

그러니 검왕이 둘러보고 보호해야 할 곳 중 하나인 것은 분명했다.

"알겠습니다, 가시지요."

더 대꾸하지 못한 제갈무기는 입술을 꾹 깨물고 앞장섰다.

그 뒤에서 소마가 피식 미소를 지으며 따라갔다.

맹주전의 지리에 대해 정확히 알지는 못하지만, 이곳의 어딘가에서 강한 진법의 기운이 느껴지는 것이다. 그곳이 아마도 제갈무기의 집무실이리라.

무림맹에서 가장 안전한 맹주전에서 수많은 상승 고수들의 보호를 받는 가운데 가문 비전의 진법까지 펼쳐 놓으니 제 아무리 무영신투라 해도 원하는 바를 이루지 못할 것이라 자신하고 있었지만, 검왕과 소마로 인해 한시적으로나마 진법을 해제해야 하니 불안 요소가 생기는 셈이다.

"잠시만 기다려 주십시오."

집무실에 다다른 제갈무기는 잠시 검왕과 소마를 세워두고 모종의 행동을 통해 진법을 해제했다.

진법의 생문을 가르쳐 줄 수도 있었지만, 파훼법을 스스로 알려 주는 짓을 하느니 일시적으로 해제시키는 것이 낫다 판단한 것이다.

본래는 이각쯤 족히 걸릴 만한 진법이었지만, 역시 만뇌자라 불리는 제갈무기인지라 반각도 되지 않아 해제를 끝냈기에 집무실 안으로 들어설 수 있었다.

"앉으시지요."

자리를 권하는 그의 눈동자가 움찔 어느 곳을 향했다 돌아왔다.

실수라기보다는 본능적인 행동이다.

그것이 아니라도 소마는 감지하고 있었지만.

'저긴가 보군.'

소마가 집무실을 감지하며 찾은 기운은 조금 전 해제한 그 정도가 아니었다.

더 복잡하고 강한 기운이 이 집무실 한편에서 느껴지는 것이다.

아마도 제갈무기가 숨기고 싶어 하는 무언가가 들어 있는 곳이리라.

"저에게 하실 말씀이 있으신지요?"

"우리가 어디 할 말이 있어야 자리를 함께하는 사이던가? 서운하군 그래."

"하하, 아닙니다. 다만 무영신투가 언제 들이닥칠지 모르는 때인지라……."

검왕의 능청에 제갈무기도 지지 않고 받아쳤다.

이런 때에 겨우 수다 떨자고 부른 것이냐라는 핀잔이 담겨 있는 대꾸였다.

듣기에 따라 빈정이 상할 수도 있었지만, 검왕은 예의 능구렁이 같은 표정으로 다시 말을 이었다.

"그런데 말이야…… 자네 아들은 별말 없던가?"

"누구를 이르시는 말입니까……?"

"제갈택이라고 하던가? 지룡이라 불리는 아이 말일세."

"별말…… 없었습니다만. 왜 그러십니까? 그 아이가 검왕께 무슨 잘못이라도……."

모르는 것인지, 모르는 척하는 것인지, 제갈무기가 조심스레 검왕의 눈치를 살폈다.

짐짓 아무것도 아니라는 듯 능글맞게 웃으며 답하는 검왕.

"별것 아니네. 자네 아들을 포함한 후기지수 몇이 일전에 무영신투를 만난 적 있다고 해서 말이지."

빙긋 웃어 보인 검왕은 제갈무기의 반응을 살폈다.

그러나 역시 상대는 전혀 몰랐다는 듯 완벽한 연기를 펼칠 따름이다.

"택이가 말입니까? 당장 불러 물어보아야겠군요."

제갈무기 정도의 사람이 몰랐을 리 없다.

중요한 일이라면 죽은 시체에까지 감시를 붙이는 그가 용화지회의 소식을 모르겠는가.

아무리 못났다 한들 제갈가의 사람인 제갈택이 무영신투 정도 거물의 예고를 집안에 알리지 않았을 리 있을까.

빤히 보이는 거짓말이지만 검왕은 더 이상 캐물을 수 없었다.

본인이 모른다는데 다그칠 수 없는 노릇이지 않은가.

하지만 분명히 경고가 되었다고 생각하고 엉덩이를 떼었다.

"모른다니 할 수 없군. 그럼 다른 곳도 둘러보지."

강호의 연륜으로 자신 만큼이나 속을 알 수 없는 표정을 짓는 검왕에게 제갈무기가 이를 가는 동안, 가만히 앉아 있던 소마가 따라 일어나며 툭 한마디 던졌다.

"근데 저거, 너무 간단한 거 아닙니까?"

"……!"

소마가 가리킨 것은 다름 아닌 제갈무기가 감추고 싶은 무언가가 있던 또 하나의 방이었다. 제갈제가가 자랑하는 강력한 진법이 숨겨져 있는.

소마의 말뜻을 파악한 제갈무기는 순간적으로 멍한 표정을 지었다가 안색을 굳혔다.

"뭐가 말인가?"

"아니, 뭐. 상관없으면 말고요. 생각보다 별로 안 중요한 건가 보네."

하지만 제대로 대꾸해 줄 소마가 아니었다.

그들이 담소를 나누는 동안 감각을 확장해 마나를 살피고 진법의 요체를 파악해 낸 것이다. 그리고 아주 간단하게 파훼법까지 찾아내고 말았다.

생문(生門)과 사문(死門)이 같은 눈속임식 진법.

'이곳으로 가면 확실히 죽는다' 는 생각이 들 만큼 진법의 기운은 강대하지만, 실상 죽는다고 생각한 곳으로 걸음을 옮기면 진법이 해소되는, 말하자면 사람의 심리를 이용한 진법이었다.

제갈무기가 직접 펼친 진법인 만큼 위험할 것이라 생각하는 침입자의 심리를 이용한 것이었는데, 소마가 고작 일각도 되지 않는 시간에 파훼한 것이다.

할 말만 툭 던지고 나가 버린 소마의 뒤로 제갈무기가 그를 잡아 죽일 듯한 눈빛을 했다. 자신하던 진법을 손쉽게 파훼하고, 자신을 조롱하듯 비웃고 간 소마에 대한 분노였다.

그것은 자신은 물론 제갈가의 능력을 깔보는 처사라 여겨졌으므로.

'내 너를 진법에 가둬, 말라 죽을 때까지 꺼내 놓지 않으리라.'

그러나 그런 식의 저주라면 골백번도 더 들은 소마인지라 한 번 귀를 후비고 말 뿐이지만.

집무실을 나온 그들은 소마를 맹주전까지 데리고 갈 것인가에 대해 잠시 실랑이를 벌였으나 검왕의 보증하에 동석하는 것으로 결론이 났다.

그렇게 약 반 시진에 걸쳐 맹주전을 돌아보고 마지막으

로 무림서고라 불리는 무림에서 가장 가치 있고 위험한 비고를 앞에 두었다.

각 문파의 비서들이 모인 이곳은 여느 곳보다도 철통같은 경비를 서고 있었는데, 그것은 비서를 통해 무공의 파훼법을 찾아낼 수도 있기 때문이다.

물론 쉽지는 않겠지만, 불가능한 것도 아니다.

무림에서 무공 비급만큼 중요한 것도 없기에, 그들은 이곳을 무영신투가 출현할 가장 유력한 장소로 꼽고 있었다.

"이곳까지는……."

그런 만큼 제갈무기는 소마를 들이기 꺼려함을 보였다.

아무리 검왕의 보증이 있다고는 하나 무인인 이상 상승의 비급을 보면 침을 흘리기 마련인 것이다.

소마가 마교의 서열 백 위 안의 마인들을 격퇴할 만큼 강한 것은 사실이나, 구파의 일원도, 오대 세가의 일원도 아닌 그에게 정파 무림의 모든 것이랄 수 있는 서고를 개방하기엔 꺼림칙한 것이 있었다.

"뭐, 상관없습니다. 기다리죠."

소마는 티끌만 한 관심도 없었지만 말이다.

소마가 남기로 하자 검왕만 시찰을 하는 것으로 하고 서고의 문이 개방되었다.

"금방 다녀오겠네."

검왕은 팔짱을 끼고 한쪽 벽에 기대는 소마에게 말을 남기고 안으로 들어섰다.

그리고 그들이 서고 안으로 들어간 지 일각이 채 되지 않았을 때였다.

콰과과광!

제갈무기의 집무실 부근에서 커다란 폭음이 들리며 전각 전체가 뒤흔들렸다.

"벽력탄?!"

서고 입구를 지키던 무사가 벽력탄을 의심하며 폭음이 터진 곳으로 신법을 발휘했다.

그리고 뒤따르는 소마…… 일 리가 없다.

소마가 뭐하러 이 일에 끼어들려 하겠는가? 가만히 있으면 본전이라도 챙길 것을, 괜히 나섰다가 괜한 일들에 휘말릴 수 있다는 사실을 잘 아는 소마는 그 자세 그대로, 서고의 입구에 기대고 있었다.

검왕과 제갈무기가 나오거든, 그들의 시야 내에서 따라 움직이기만 할 생각이다.

"응?"

하지만 폭음이 울리고 백을 세기도 전에, 그런 소마의 인상이 살짝 일그러졌다.

"영감, 꼭 이쪽으로 와야겠수?"

"……막을 테냐?"

아무것도 없는 허공에서 목소리가 들려왔다.

소마에게는 제법 익숙한, 무영신투의 것이다.

"아니, 뭐 꼭 그런 건 아니고. 근처에서 일이 터지면 꽤 귀찮아져서."

"그럼 비켜라."

끼이익.

그 순간, 서고의 문이 열리며 제갈무기와 검왕이 모습을 드러냈다.

무영신투의 기척이 귀신같이 사라진 것도 그와 동시였다.

"어떻게 된 건가?"

"글쎄요. 뭔가 터졌고, 가더군요."

소마는 검왕에게 상황을 아주 간단히 설명했다.

"그럼 자네는 어째서 가 보지 않는 건가?!"

제갈무기가 성난 목소리로 끼어들었다.

그러나 소마는 당연하다는 듯, 팔짱을 끼지 않고 답했다.

"내가 왜?"

"뭣?!"

"이봐요, 아저씨. 내가 뭐하러 그래야 합니까? 여기 고용된 경비도 아닌데."

"이곳은 무림맹이다! 무림인이라면 응당……."

"내가 무림맹 소속은 아니지 않습니까? 그리고 움직이는 기를 보니 댁의 집무실에서 터진 것 같은데, 개인적 원한일지 무림맹에 대한 도전일지 내가 알게 뭡니까?"

집무실이라면 제법 거리가 있는데 그곳의 기까지 읽을 수 있다는 말인가?

대단한 고수라는 소문은 들었지만 짐짓 놀란 제갈무기는 틀린 말이 아니라 더는 화 내지 못하고 소마를 노려보기만 했다.

"근데 별로 안 급한 모양입니다?"

그런 그를 보고 소마가 피식 미소를 지었다.

자신의 집무실이 폭파되었음에도 여유롭다? 복잡한 진법씩이나 펼쳐 놓고도? 그것이 의미하는 바는 단 하나인 것이다.

'몸에 지니고 있군.'

무영신투가 원하는 것이 바로 그의 수중에 있음이다.

무영신투가 폭탄까지 써 놓고서 이리로 곧장 온 것도 그런 이유 때문이리라.

"성동격서일 수 있다. 모두 그리로 몰려가는 것은 그가 원하는 바겠지."

검왕을 의식한 듯 표정을 굳힌 제갈무기는 집무실 쪽으로 가지 않을 뜻을 밝혔다.

그들이 나오면서 다시 작동시킨 기관이 침입자의 발길을 막겠지만 상대는 그 누구도 아닌 무영신투. 방심할 수 없었다.

"뭐, 그러든가."

그가 어떤 결정을 내리든 소마가 알 바는 아니었다.

다만 갑자기 무영신투의 기가 자신조차 감지해 낼 수 없도록 사라져 버린 것이 조금 마음에 걸릴 뿐.

"군사님! 이것 좀 보십시오!"

반각쯤 지나자 그의 집무실 쪽에서 무사 하나가 헐레벌떡 뛰어왔다.

펄럭이는 전서 한 장을 들고서.

"그게 무엇이냐?"

"무영신투가 군사님에게 남긴 것입니다."

"이리 내거라."

괴상한 음식을 씹은 듯 표정이 변한 제갈무기는 무사의 손에서 빠르게 전서를 빼앗아 냈다.

[물건은 잘 받았다.]

"이게 무슨……."

휘릭.

자신이 잘못 알았던 것일까?

제갈무기가 잠시 멍한 표정을 짓는 사이 한 줄기 바람이 그를 훑고 지나갔다.

"흡!"

펄럭.

동시에 검왕이 제갈무기의 옷자락을 베어 냈다.

그의 품을 파고드는 그림자를 베어 내기 위함이다.

"허허, 과연 무영신투구려."

제갈무기는 대응조차 하지 못한 빠른 손속의 교환이지만, 검왕도 목적을 이루지는 못했다.

이미 제갈무기에게서 무언가를 빼낸 무영신투가 검왕의 거리 밖으로 멀어진 것이다.

"과연 검왕이군. 손목이 날아갈 뻔했어."

그들의 대화에 제갈무기의 표정이 구겨졌다.

뒤늦게 품속을 뒤적여 보지만 느껴지는 게 없는 것이다.

더 놀라운 것은 무영신투를 보고 있음에도 그의 얼굴이 떠오르지 않는 것이다.

세상에 무영신투의 얼굴을 기억하는 자가 없다더니, 특수한 내공 운용이 있는 모양이다.

"검왕과 싸울 순 없지."

잠시 대치하던 그들 중 먼저 행동을 한 것은 무영신투였다.

단 한 번의 발놀림으로 삼 장 여를 뒤로 미끄러지더니 몸을 돌려 사라지는 것이다.

그 움직임이 어찌나 신묘한지 검왕조차 쫓을 엄두를 내지 못했다.

"비열한 방법으로 손에 넣은 것이니 억울하진 않겠지! 잘 받아 가마. 제갈가의 아해야!"

"이익!"

순식간에 사라져 버린 그의 뒤로 남겨진 제갈무기만 부르르 주먹을 말아 쥘 뿐이다.

"무엇을 빼앗긴 겐가?"

"아, 아닙니다. 아무것도."

그러나 검왕의 물음에도 제갈무기는 무엇이 켕기는 것인지 싹 감추었다.

"무엇인지 말을 해야 도울 수 있네."

"아무것도 아니라 말씀드렸습니다."

검왕의 물음에도 제갈무기는 단호했다.

그러자 검왕의 표정도 딱딱하게 굳어졌다.

"그렇다면 자네 개인적 일로 보는 것이 맞겠군?"

"으으음······."

그를 압박하며 피어오르는 기운에 제갈무기가 침음성을
토했다.

그의 말뜻이 무엇인지 그도 모르지 않음이다.

말하지 않는다면 제갈무기 개인의, 제갈세가 내부의 일
로 치부될 것이고, 그는 개인적 일로 무림맹의 힘을 움직
인 월권이요, 직권남용을 한 셈이 된다.

당연히 문책이 있을 테고, 맹주가 폐관한 동안 하늘을
찌르던 제갈무기의 위세가 한 풀 꺾일 수밖에 없다.

물론 무림맹의 고위급들 중 제갈무기의 사람으로 보이
는 자들이 많아 큰 벌을 받지는 않겠지만, 곧 맹주가 돌아
온다는 사실을 아는 검왕은 이 작은 제동이 제법 큰 의미
를 가질 것임을 알고 있었다.

"무림맹을 습격하고 기물을 파손한 것 또한 사실이지
요."

제갈무기는 부인하지 않았다.

대신 무영신투에게 다른 잣대를 들이댔다.

사건의 핵심을 '사건의 대상'에서 '과정'으로, '무림
맹'으로 바꾸어 놓으려는 것이다.

"그 또한 사실이지."

그렇다고 제갈무기의 거짓말이 사라지는 것은 아니겠으나 제갈무기 정도 되는 자라면 사건의 본질을 흐리고 아주 사소한 일처럼 만들어 버릴 것이 분명했다.

검왕도 그의 말에서 그러한 시도를 느꼈지만, 잊지 않겠다는 뜻을 대신하고 일단 사태를 수습하기 위해 움직였다.

폭발은 생각만큼 거창하지 않았다.

소리만 벽력탄만큼 컸을 뿐, 고작 집무실의 문 한 짝을 날려 버리는 수준에 그쳤고, 진법이 펼쳐진 곳이었기에 지키는 자도 조금 떨어져 있어 다친 자는 없었다.

덕분에 제갈무기로서도 크게 문제 삼기 어려운 상황이 되었지만, 최대한 '무림맹에 대한 습격'으로 규정짓기 위해 노력함으로서 여론을 몰고 갔다.

다만 검왕이 버티고 있었기에 어느 정도의 중립성은 지켜져 무영신투에게 금 세 냥 정도의 현상금이 붙는 선에서 사건은 마무리되었다.

개인적 일로 무림맹의 전력을 움직인 제갈무기는 무림맹에 대한 기여도를 고려하여 칠 일 근신의 처분을 받았다.

그러는 사이, 매일 황세령의 체력 회복 주문을 받은 맹주가 자리를 털고 일어났다.

"자네가 마룡참이라는 신진 고수로군. 만나서 반갑네."

그러나 맹주는 곧장 전면에 나서지 않았다.

폐관이라는 핑계를 대고 있었기에 자신의 완쾌 사실을
적들에게 숨길 수 있는 탓이다.

외부에는 황세령이 치료에 실패한 것으로 은밀하게 소
문을 흘리고, 검왕과 황세령만을 만나며 두문불출 동태를
살폈다.

완쾌가 되고 나서도 닷새가 지나서야 소마를 찾은 맹주
는 혈색이 도는 얼굴로 소마를 맞이했다.

검왕과 황세령에게 귀가 따갑게 이야기를 들은 장본인
을 보자 무인으로서의 호기심이 동한 듯 들끓는 기운을
소마는 느낄 수 있었다.

"소마입니다. 좋아 보이시네요."

혈기왕성한 20대 무인처럼 들떠 있는 그를 보며 소마
가 심드렁하게 답했다.

이 인간들은 왜 자신만 보면 싸워 보지 못해 안달인지
귀찮아 죽겠다는 듯한 반응이다.

하지만 그런 반응마저도 익히 들었던 터라 맹주는 기껍
게 받아들였다.

"무림맹주직을 맡고 있는 늙은이일세. 친구들이 권왕이

라 불러 주고 있지."

권왕 언가호.

일권에 산도 평지로 만든다는 패권의 절대고수이자 현 무림맹주가 바로 그였다.

"아, 예."

권왕이고 검왕이고 무슨 동네가 이렇게 호칭을 좋아하 는지 모르겠다 생각하며 소마가 심드렁하게 대꾸했다.

"근데 무슨 일로 불렀습니까? 나았으면 나와서 만나면 되지."

"흘흘, 늙으면 겁이 많아지는 법이라네."

그 말뜻을 소마도 모르는 바는 아니었다.

적재적소에 사용하는 마법의 효율성과 캐스팅 속도가 중요한 마법사들의 전투에서 어찌 수 싸움을 빼놓을 수 있으랴.

무엇이든, 어떤 상황이든 뚫어 낼 수 있다는 자신감이 있어 그리 행동. 소마 역시 머리 좋고 심계가 깊기로 소문 난 마법사 중 하나였다.

아티펙트의 위용에 가려졌을 뿐, 그중에서도 매우 뛰어 난 수준의 실력을 지닌.

"참 피곤하게들 사시네요."

"하하, 어쩌겠나. 이것이 무인의 삶인 것을."

소마의 말에 악의가 없다는 것을 아는지라 권왕, 지켜
보던 검왕도 가볍게 받아넘겼다.

사연을 모르는 황세령만 파리해진 낯빛으로 눈치를 볼
뿐.

"먼저 고맙다는 말을 하겠네. 저 아이가 이곳에 무사히
당도할 수 있던 것도, 날 치료할 수 있던 것도 모두 자네
덕이라지."

"뭐, 그렇게 됐습니다. 별로 저한테 고마워할 건 없어
요. 본의든 아니든 내 일이기도 했으니까."

진심으로 고개 숙이는 권왕에게 소마도 진정성 있는 목
소리로 답했다.

일이 이렇게까지 커질 줄은 몰랐지만, 어쨌든 따라나서
기로 한 것도, 그녀가 적게나마 각성하게 만든 것도 모두
자신의 호기심과 장난기로 행한 것이지 누구 좋으라고 한
일은 아니기 때문이다.

결국 귀찮은 일들에 말려들어 버렸지만 어쩌겠는가. 이
미 벌어진 일이고 자신의 선택으로 발생한 일들인 것을.

소마는 그 일들을 가지고 누구를 탓할 생각도 없었고,
후회할 생각은 더더욱 없었다.

이전 세계에서도 그러했듯이.

'굳이 탓을 하자면 빌어먹을 스승, 다 그 늙은이 때문

이지.'

물론 마탑에서 평생 연구 마법사로 썩을 뻔한 자신을 꺼내 준 것은 감사한다.

그렇지 않았다면 아직도 골방에 틀어박혀 엉터리 마법진이나 그리고 있었을 테니까.

그러나 그 지옥 같은 수련 과정은 아직도 생각만 하면…….

"어휴."

"응? 왜 그러나?"

"아닙니다, 아무것도."

잠시 떠올려 버린 소마가 식은땀을 흘리며 고개를 가로젓자 두 초인은 이상하게 보면서도 다시 진지하게, 목소리를 깔았다.

"이 친구에게 들었네. 유람을 다니고 있다고? 그래, 앞으로 어쩔 생각인가?"

"글쎄요. 딱히 계획은 없는데…… 어디 놀고먹기 좋은 데 아세요?"

"있지. 놀고먹기 좋은 곳."

그 어떤 때보다도 적극적으로, 소마가 그들에게 되물었다.

노는 것도 놀아 본 놈이 놀 줄 안다고, 이 세계에서도 최고의 위치에 있는 이들이라면 정말 좋은 곳을 알지 모른다는 생각에서였다.

"오호! 어딥니까? 거기가."

"바로……."

"바로?"

"여길세."

"엥?"

순간, 소마의 눈에 실망의 빛이 스쳤다.

그것을 포착했는지 권왕이 바로 말을 이었다.

"이미 일이 이렇게나 벌어졌으니 당분간은 어딜 가나 편히 쉬기는 어려울 걸세. 마교도 복수를 위해 자네를 노릴 테고, 그 비밀 집단 역시 마찬가지겠지. 물론 자네 실력이라면 당하진 않을 테지만 여간 귀찮은 것이 아닐 게야. 비밀 집단은 그렇다 쳐도 마교의 복수심과 끈질김은 타의 추종을 불허하지. 자네가 혼자라는 것을 알면 칠 일 밤낮으로 쉬지도 못하게 자객을 보내 귀찮게 할 걸세. 노구완이나 마굉자 같은 자들이 무더기로 나타나 위협할 수도 있네. 이미 발호하기 시작한 그들이라면 자네의 뜻이 어떠하든 위협 요소를 제거하려 할 테니."

구구절절 맞는 말이었기에 소마의 인상이 저절로 찌푸려졌다.

무섭지는 않으나 귀찮은 것은 딱 질색인 것이다.

확, 그 마교라는 곳으로 먼저 쳐들어가 버릴까 고민하는 사이, 권왕의 뒷말이 이어졌다.

"그리고, 사실 놀기에 이만한 곳도 없다네."

"……?"

다소 의외의 말에 소마의 고개가 다시 돌아갔다.

입가 가득 만연한 미소를 띤 권왕.

이미 소마를 만나기 전, 검왕과 빙화, 난화검 등을 통해 소마의 성격에 대해 들은 것이다.

"저잣거리에 나갔다 왔다니 알겠지만, 이곳은 무림의 수도와 같은 곳이라네. 진귀한 물건이 모이고, 다양한 무인이 모이는 것으론 북경 못지않지. 무공이며 진법, 주술에 대해 토론하는 모임도 아주 많네. 게다가 자네가 아직 들어가 보지 못한 출입 제한 구역도 즐비하고, 마인 따위가 자네를 귀찮게 굴 수도 없다네."

'미녀'이며 '돈' 따위에 대한 이야기는 쏙 빼놓았다.

무림사화 중 셋을 보고도 꿈쩍 않은 그가 미녀며, 미색이 뛰어난 기녀 따위에 움직일 리 없을뿐더러, 천하 기물과 화수분 같은 금은보화 주머니를 가진 자가 돈 몇 푼에 연연할 리 없는 것이다.

그의 전략이 제대로 먹혔는지 소마는 제법 관심을 보

였다.

귀찮게 구는 녀석들이야 싹 쓸어버리거나 떨쳐 내 버리고 전혀 다른 곳에 나타나는 일 따위가 얼마든지 가능했지만, 이미 저잣거리에서 본 것처럼 신기한 물건들이며 무공, 진법, 주술들과 출입 제한 구역 등은 구미가 당기는 것이다.

물론 이곳에 남아도 일부 제한 구역은 구경하지 못하겠지만, 어설픈 곳을 유람하기보다 이곳에 좀 더 남는 것도 괜찮겠다는 생각이 들었다.

"그러니까…… 무림맹에 가입하라는 겁니까?"

그러나 어느 단체에 소속되는 것은 그의 취향이 아니었다.

용병 길드처럼 자신이 원하는 것을 하고 그에 대해 책임만 확실히 지면 되는 자유로운 단체가 아니고서야 자신의 의지와 관계없이 귀찮은 일들을 떠안기 마련이니까.

그 생각마저 읽고 있었다는 듯, 권왕의 입가엔 여전히 미소가 유지되고 있었다.

"물론 아니네. 듣자하니 자네는 무인이 아니라 하는데, 어찌 무림맹에 묶어 둘 수 있겠나. 내가 제안하는 것은 맹주 직속의 감찰대라네."

한껏 소마의 기분을 맞춰 주며 권왕이 미끼를 던졌다.

"맹주 직속…… 감찰대?"

"무림맹이 아닌, 나 무림맹주에게 고용된 용병쯤으로 생각하면 되네. 어디를 가든, 무엇을 하든 자유이며, 감찰관의 자격으로 모든 장소에 출입이 허가되지. 만일 잘못되고 있는 명백한 증거를 발견할 경우 그 누구라도 즉결 처분할 수 있는 권한도 갖게 되네."

"오호?"

꽤나 파격적인 조건이었다.

무림맹의 소속도 아니면서 무림맹 모든 인물에 대한 처결권을 갖는다.

물론 소마가 그렇게 열심히 그 일들을 수행할 리는 없지만, 마음먹고 권한을 사용하고자 한다면 그야말로 무소불위의 권력이 아닐 수 없다.

이빨 빠진 호랑이 취급받던 맹주가 내걸기에는 다소 무리가 있는 것이 아닌가 싶을 정도였다.

"가능한 겁니까?"

"가능하게 해야지."

씨익.

미끼를 문 소마를 보며 권왕이 진한 미소를 지어 보였다.

"여럿 달고 다니는 건 귀찮은데……."

"그것도 걱정 말게. 감찰대는 자네 혼자이니까."

이번에는 소마도 조금 놀란 표정을 지었다.

어떻게든 누군가를 엮어 감시하려 할 줄 알았건만 정말 그를 고삐 풀린 망아지마냥 날뛸 수 있도록 풀어 놓으려는 것이다.

"저 아이들이라도 붙여 놓고 싶은 마음은 굴뚝같지만, 저 아이들에게는 각자의 소속이 있으니 어쩔 수 없지. 끌끌."

아쉬운 듯 속내를 조금 내비쳤지만 이해할 수 있는 바였다.

"조건은?"

"아주 간단한 몇 가지 부탁만 들어주면 되네. 방금 말한 권한 내에 들어 있는 내용이니 자네라면 어렵지 않을 게야."

역시 거저 주는 권한은 아니고, 그 내용 또한 짐작이 갔다.

자신을 이용해 내부의 적들을 색출해 내려는 것이겠지.

또 귀찮아질 수 있지만 제법 재미있어 보이는 일이기도 했다.

'빚'을 갚아야 할 녀석들도 있었고 말이다.

"좋습니다. 해 보죠. 다만, 안 내키면 안 할 겁니다."

"물론이네."

소마의 제멋대로 흥정에도 권왕은 흔쾌히 응했다.

"그리고 말일세……."

거래가 성립되자 권왕이 다시 음흉한 미소를 지으며 소마에게 제안했다.

제22장

감찰대주, 소마

mporte moi wagon enle

moi fregate loin lo

ici la boue est faite

de nos pleurs - est

vrai parfois que le

triste cœur d'Agath

loin des remords des ...

권왕이 폐관을 끝내고 다시 전면에 나섰다는 소식이 들린 것은 그로부터 삼 일 뒤였다.

　맹주와 검왕이 따로 가동하는 정보원들에 의해 모종의 움직임이 포착된 것이다.

　마교의 발호 소식에 이어 큰 혼란이 일어나는 것을 막기 위해 암습에 대한 이야기는 입 밖으로 꺼내지 않았지만, 지난 무영신투의 건으로 주춤한 군사파의 여론을 힘으로 누르고 많은 권한을 자신의 쪽으로 가져왔다.

　그간 정치적 세력이 많이 약해졌다고는 하나, 명색이 십대초인 중 하나인데다 아래쪽 여론에서는 아직도 그와 검왕을 따르는 순수한 무인들이 많이 있었다.

그리고 언제 본격적인 공세를 취할지 모르는 마교에 대비한다는 명목으로 무림대회를 개최할 것을 공표했다.

더불어 약속한 대로 소마를 맹주 직속 감찰대로 임명했고, 무소불위의 권력을 쥐어 줬다. 감찰대라고는 하지만 달랑 그 혼자뿐인 기관이었다.

이 과정에서 신분도, 내력도 알 수 없는 소마를 그런 막중한 책임이 있는 자리에 올리는 것에 대한 반대 여론도 들끓었지만, 이미 검왕과 황룡상단에 의해 커질 대로 커진 소문에, 최근 실시한 경매에서 황실의 관심까지 끌어모아 이름을 날린 옥룡상단까지 그를 보증하고 나서자 가볍게 묵살되고 말았다.

결정이 되고 나서도 불만이 가득한 자들은 여전히 많았지만 혼자서 무엇을 할 수 있겠냐는 생각이 작용한 묵인이었다.

소마를 모르기에 할 수 있는 착각이기도 했지만.

그와 함께 권왕은 신진 고수들을 발굴한다는 명목의 비무 대회 개최 소식도 함께 알렸다. 대문파의 장로급 이상은 참가할 수 없는 이번 비무 대회는 황룡상단이 내놓은 백년 산삼 열 뿌리가 상품으로 걸린, 무림인이라면 군침이 줄줄 흐를 만한 대회였다.

소식은 순식간에 무림 전역으로 퍼졌고 제법 걸출한 후기지수를 가진 무림문파며 용화지회 때와 마찬가지로 인맥을 쌓고 싶은 중수방파들이 서둘러 무림맹으로 떠날 채비를 시작했다.

"흐흐흐흐."

그 사이, 소마는 약속대로 신나게 놀고먹었다.

맹주 직속 감찰대라는 막강 권력이 무색하도록 아무것도 하지 않고 오로지 놀고, 먹고, 물건들을 사들였다.

그렇게 쉴 새 없이 사들일 만한 재력이 어디서 나는지 궁금할 정도의 소유욕이었다.

진귀하다 할 만한 물건들이 모조리 품절이 되고서 소마가 가장 관심을 보인 것은 바로 도박이었는데, 도박에 그다지 소질이 없음에도 의외로 승률은 좋은 편이었다.

무시무시한 소마의 명성을 들어 투전꾼들이 함부로 기술을 쓰지 못한 탓도 있었고, 기술을 걸어 엄청난 돈을 따들인다 해도 조금 전 판은 연습에 지나지 않았다는 듯 바로 무지막지한 액수를 걸어 대니 감히 소마에게 돈으로 맞설 이가 없는 것이다.

어지간히 돈이 많으면 호구 소리를 들었겠지만, 소마의 아공간에는 끝을 모를 금은보화들이 쌓여 있었다.

그 양이 어느 정도인지는 소마만 알고 있을 터이지만,

못해도 드래곤 레어 몇 개 정도는 되리라.

한마디로 돈지랄의 승리였다.

"또 내 승리인가?"

촤르르륵!

양팔로도 쓸어 담기 어려울 만큼의 은자를 자기 쪽으로 끌어오는 소마를 보며 투전판의 모든 이들이 고개를 저었다.

명색이 감찰대주—비록 혼자뿐인 감찰대이지만— 신분인지라 쫓아내지도 못하는 것이다.

용인 받은 투전판이라고는 하나, 구린 구석이 아주 없는 것은 아니었으니까.

그나마 다행인 것은 소마가 벌어들인 은자를 쥐고 있지만 않고 그 자리에서 흥청망청 써 댄다는 것이다.

"기우였나 보군."

의도한 것인지는 모르지만 그런 행동들 때문에 처음 소마의 임명에 불안해하던 인물들은 서서히 그에 대한 경계를 풀어 갔다.

"무슨 생각인 거지……."

그러나 여전히 불안해하는 자들은 있었다.

지룡 제갈택과 무당파의 수뇌들이 바로 그들이다.

소마와 좋지 않은 기억이 있는 자들은 소마가 가진 즉결심판권이 있는 한, 불안할 수밖에 없는 것이다.

게다가 소마의 실력과 소문을 어렴풋이 알고 있기까지 하니 불안감은 증폭됐다.

물론 그들이 아는 것은 빙산의 일각조차 되지 못했지만.

"자자, 또 걸어, 걸라고~"

그들이 그러거나 말거나 소마는 패를 돌릴 뿐이었다.

* * *

답답한 것은 권왕도 마찬가지여서 비무 대회가 보름가량 남은 시점에 이르자 그가 소마를 따로 불렀다.

"자네, 무슨 생각인 겐가?"

"뭐가 말입니까?"

놀고먹어도 좋다고 한 것은 자신이었으나, 정말로 놀고먹기만 할 줄은 몰랐던 권왕이 조금은 원망 섞인 물음을 던지자 소마는 당당하게 대꾸했다.

그 옆에서 검왕은 그럴 줄 알았다는 듯 둘을 보며 미소를 지었다.

노련하게 소마를 구워삶을 수 있다 자신하던 권왕에게 그것보라는 듯한 무언의 핀잔이었다.

"정말 아무것도 안 할 겐가?"

"아무것도 안 하긴요. 물건도 제법 모았고 돈도 약간

땄는데요? 음식도 배불리 먹었고."

"그 말이 아니잖나!"

태평하기 짝이 없는 소마의 모습에 권왕도 답답한지 가슴을 치며 말했다.

자신이 한 말이 있으니 대놓고 뭐라 하지는 못하고 속으로 삭이기만 하는 것이다.

제법 정의롭다는 말에 무리해서까지 스스로 움직일 기회를 마련해 주었건만 정말로 놀고먹기만 할 줄이야!

무림맹에서 제법 정치와 사람 부리는 법을 익혔다, 자신하던 생각이 산산이 무너지는 순간이었다.

"뭐, 이런 걸 원하는 겁니까?"

투둑.

그가 혼자 속앓이라는 것을 이각여 동안이나 지켜보던 소마가 귀찮다는 듯 그의 앞으로 몇 권의 책자를 던졌다.

"이건……?!"

무심히 집어 든 권왕의 표정이 180도로 변했다.

소마가 아무것도 아닌 듯 건넨 책자에는 수십여 명의 치부가 낱낱이 적혀 있는 것이다.

놀랍게도 그중에는 당장에 들이밀어도 실토할 수밖에 없을 만한 증거들도 다수 있었고, 권왕이 휘하의 정보원을 부려 알아낸 것 이상의 치부가 적힌 바도 적지 않았다.

그 대상도 하나 같이 대문파 소속의 고수들이어서 무림의 치부책이자 살생부라 말할 수 있을 정도였다.

"이걸 어느새……."

투전판에 틀어박힌 소마를 지켜보던 이 중에는 권왕의 사람도 더러 있었다.

그런데 언제 이런 증거들을 모으고, 책으로 엮었단 말인가?

투전하는 탁자 밑에서 발가락으로 쓰기라도 했단 말인가?

아니면 한숨도 자지 않고 새벽 동안 정보를 캐고 다녔단 말인가?

진실은 그 어느 쪽에도 가깝지 않았지만 권왕은 놀랍기만 할 따름이었다.

"됐죠?"

패밀리어와 바람의 정령.

소마만이 부릴 수 있는 무림 유일의, 그리고 최고의 정보통들 덕분이었기에 사실 소마가 한 수고는 그리 크지 않았다.

정령의 존재 자체를 모르는 무림인들은 아무리 하급이라 한들 녀석들의 존재를 알아차리지 못했으니까.

가끔 기감이 좋은 녀석들이 기운을 쏘아 내 하급 정령인 실프를 정령계로 역소환시키기도 했지만 이미 그전까지의 내용은 소마에게 낱낱이 보고가 된 후였다.

"아니⋯⋯."

이런 큰일을 해내고도 정작 별것 아니라는 듯 하품이나
해 대는 소마를 멍하니 보던 권왕은 울컥 화가 치밀었다.

"이런 걸 가지고 있으면서 왜 여태 움직이지 않은 겐가?!"

그러나 소마의 대답은 가관이었다.

"귀찮아서요."

아니, 지극히 소마답다고나 할까.

"크하하하!"

대답이 걸작이라는 듯, 옆에서 파안대소를 터트리는 검
왕을 흘겨보고 권왕이 재빨리 머리를 굴렸다.

"흥, 무서워서는 아니고?"

소마를 도발해 행동에 까지 옮기게 하려는 것이다.

"뭐, 그럴 수도 있죠. 귀찮은 것만큼 무서운 것도 없으
니까."

그 정도에 넘어갈 소마가 아니긴 했지만.

"끄응, 어쨌든⋯⋯ 수고했네."

이 정도 성과라면 사실 기대 이상이기는 했다. 권왕이
힘이 없어 소마에게 대신 일을 벌이도록 유도한 것은 아
니었으니까.

언제, 어떻게 나타날지 모르는 모종의 적들로부터 전력

을 감추기 위함이었으나 이 책자의 증거들이라면 굳이 큰 힘을 드러내지 않아도 그들을 압박하기 충분할 터였다.

"아차차, 이건 실례."

뒤돌아 방을 나서려던 소마는 잊었다는 듯 살생부의 한 쪽을 부욱 찢어 내 품 안에 갈무리했다.

귀찮아서 한데 모아 적긴 했으나, 그것은 자신이 해결 해야 할 일이었으므로.

그 모습에 권왕과 검왕이 이채를 띄고 바라보았다.

누군가의 치부를 적어 두고서 다시 찢어 낸다는 것은 봐주겠다는 의도라기보다는 직접 처리하겠다는 의도가 다 분했으므로.

소마가 방을 나선 후 서로를 마주 본 권왕과 검왕은 살 생부를 품에 넣은 뒤 어린아이 같은 미소를 지었다.

그리고 뒤따라 몸을 날렸다.

"흠, 이쪽이던가?"

아무 일도 없었다는 듯 권왕이 기거하는 전각을 빠져나 온 소마는 가물가물한 기억을 가다듬어 방향을 잡았다.

길을 걸을수록 주변에 노랗게, 빨갛게 표시된 천들이 눈에 띄는 것이 상당히 제한된 장소임에 분명했다.

"어쩐 일이시오?"

한참을 걸어 소마가 도착한 곳은 다름 아닌 무림맹에서

도 배분이 높은 구파 원로들의 숙소 앞이었다.

그 중에서도 무림맹의 큰 축 중 하나를 맡고 있는 무당파의 숙소.

느닷없이 소마가 나타나자 번을 서던 일대 제자 둘이 그 앞을 막아섰다.

"비켜."

자신의 앞을 막는 자들을 스윽 쳐다본 소마는 심드렁하게 한마디 건넸다.

"무슨 일이냐 물었소."

자신들을 깔보는 듯한 반응에 두 도사들은 발끈해서 다시 검집을 들어 소마의 앞을 막아섰다.

예전엔 조금 두려운 생각도 했었지만, 노름판에 빠져 변변한 수련 한 번 하지 않는 소마의 평소 행실을 보고, 들어 알고 있는 이들인지라 지금 그들의 태도는 오만하기 짝이 없었다.

'네까짓 게 뭔데 이곳엘 들어가냐'는 듯한 표정과 말투.

순간 소마의 표정이 짜증스럽게 일그러졌다.

"죄인을 잡으러 왔다, 됐나?"

짜증은 솟았지만 허수아비들과 놀아 줄 생각은 없는 소마였다.

그러나 오히려 거칠게 변한 것은 그들 쪽이었다.

"죄인? 감히 이곳이 어디인 줄 알고 말을 지껄이느냐!"

"죄인 현도반. 죄명은 뇌물 수수 및 청탁, 인사 비리, 또……."

"닥쳐라!"

사문의 존장을 욕보인 것이 참을 수 없다는 듯, 두 도사는 거칠게 소마를 밀치며 소리 질렀다.

피식.

"이놈이, 웃어?"

소마는 화내지 않고 웃었다.

수양이 부족한 두 도사는 그 모습에 더욱 발끈했지만 소마는 가볍게 미소를 띠며 살풋, 한 걸음을 옮겼다.

"그렇지, 여길 지키는 게 너희 임무이고, 난 여길 지나가는 게 내 일이니까…… 그럼 각자 볼일들 보자고."

"감히……?!"

노름꾼 주제에 대 무당파의 일대 제자인 자신들을 얕보는 듯한 발언을 하자 검을 뽑으려던 두 도사는 그대로 얼어 버리고 말았다.

챙그랑.

아무런 예비 동작도 없이 뻗어진 소마의 검이 그들의 검을 '베어' 버린 것이다.

그리고 그들의 검들은 여리디 여린 꽃잎마냥 속절없이

잘려져 바닥을 뒹굴었다.

"……헉."

소마는 그 자리에서 얼어 버린 두 도사를 가볍게 옆으로 밀어내고 무당파의 영역에 발을 디뎠다.

"침입자다! 장로님을 해하러 왔다!"

그때, 뒤쪽에서 두 젊은 도사의 악에 받친 소리가 들렸다.

"헙!"

찌릿.

슬쩍 돌아본 소마의 눈빛에 곧 얼어 버리고 말았으나, 일은 이미 벌어진 뒤였다.

마치 대기라도 하고 있었던 듯 일사분란하에 전각 안에서 튀어나온 무당파의 고수들이 소마의 앞길을 막아선 것이다.

"네놈은……?"

번을 서던 제자들의 다급한 고함에 뛰쳐나오기는 했으나 소마를 발견한 소위 무당 수호대라 불리는 이들의 눈빛이 의아하게 변했다.

지금쯤 노름판에나 있어야 할 인물이 왜 여기에 있단 말인가?

자신들은 살수가 나타났다는 소리에 뛰쳐나온 것인데 말이다.

"너희도 안 비키겠지?"

황당해하는 그들을 향해 먼저 입을 연 것은 소마였다.

"무슨 일이오? 무당파의 영역에 무장을 하고 침입하다니."

무리의 우두머리인 듯, 선두에 서 있던 도사 하나가 소마를 경계하며 물었다.

엑셀리온은 이미 집어넣었고, 갑옷이야 항상 두르고 다니는 것이기에 무장이랄 것도 없었지만 그의 한마디는 소마를 무장 괴한으로 만드는 힘이 있었다.

갑옷 또한 무장의 일종이니 엄밀히 말하면 소마는 무장을 한 셈이었고, 무당파의 전각에 나타난 것도 사실인 것이다.

이것이 세 치 혀의 무서움이다.

"죄인을 잡으러 왔다."

그것을 간파한 소마였기에 귀찮았지만 앞서 했던 말을 다시 되풀이했다.

"죄인?"

"죄인 현도반. 죄명은 뇌물 수수 및 청탁, 인사 비리 등등 이하, 한 주머니씩 찬 잔챙이들도 있지."

"뇌물? 청탁? 비리? 장로님께서 그러실 리 없다. 어디서 억지를 부리는 건가?"

우두머리는 소마의 말에 잠시 멈칫거렸지만 이내 평정

을 되찾고 소마를 나무랐다.

현도반이 소문이 좋지 않은 무리와 어울리는 것을 우연
히 본 적 있는 탓이다.

"그래? 그럼 불러와 봐라. 증거를 보여 줄 테니."

"증거?"

"웬 소란이냐!"

양반은 못되는 것일까.

그때 장문인을 비롯한 장로들이 소란함을 느끼고 전각
밖으로 나왔다.

"아니, 너는?!"

그리고 찔리는 과거를 잊지는 않았는지 소마를 보고 짐
짓 놀라는 모습을 보였다.

씨익.

소마는 그 모습을 보며 다시 입을 열었다.

"오랜만입니다. 그렇죠?"

먹잇감을 바라보는 맹수와도 같은 그 눈빛에 장문인을
비롯한 장로들은 저도 모를 한기를 느끼고 몸을 부르르
떨었다.

그들의 배분이나 가진 바 무공을 생각하면 있을 수 없
는 일이다.

"여기 어쩐 일인가?"

그들을 대표해 장문인이 기파를 내뿜었다.

소마가 무슨 생각인지는 모르나 이곳은 네가 설칠 곳이 아니니 조용히 물러가라는 압박이요, 실력 행사다.

물론 소마에게 통할 리가 없는 장난이었지만.

"죄인을 잡으러 왔소. 감찰대주로서 명한다. 죄인 현도반은 앞으로 나오라!"

"뭣?!"

장문인의 기세에 아랑곳하지 않고 감찰대주 행세를 하는 소마의 호통에 장문인을 비롯한 장로들이 순간 혼란에 빠졌다.

내내 노름판에 빠져 있던 자가 왜 이제 와서 감찰대주 노릇을 하려 든단 말인가? 그때의 복수인 것인가?

"모함, 모함이오!"

좌중이 술렁이자 현도반은 역성을 내며 죄를 부인했다.

"저자가 날 모함하려는 것이다. 무당수호대는 뭘 하는가, 저자가 허튼 소리를 하지 못하도록 포박하라!"

그럴 줄 알았다는 듯 손을 품으로 가져가는 소마. 그의 품 안에서는 서너 개의 장부가 딸려 나왔다.

"노옴!!"

그 모습에 현도반이 발작적으로 검을 짓쳐 갔다.

슬쩍 비친 장부의 모습에 등줄기가 섬뜩한 것이다.

"그래, 그렇게 나와야지."

씨익.

그러나 기다렸다는 듯 엑셀리온을 소환해 맞서 갔다.

워낙 창졸지간에 벌어진 일이라 누구도 엑셀리온이 허공에서 나타난 것을 알아차리지 못할 정도였다.

"흐읍!"

소마가 보통내기가 아니라는 것을 알던 현도반인지라 처음부터 전력을 다해 검기를 떨쳤으나 고작 세 걸음 밀쳐 내는 데 그쳤다.

잠시 균형이 흐트러진 소마.

과연 무림 명숙의 실력이라는 것인지 그 틈을 놓치지 않고 쐐기 같은 찌르기가 꽂혀 들었다.

"핫!"

이번에도 소마가 다시 두 걸음이나 밀려나며 간신히 검을 떨쳐 냈다.

그 모습에 힘을 얻은 현도반이 두 번이나 연달아 찌르기를 감행하였으나 번번이 무위로 그쳤다.

현도반의 우위로 보이나 확실하게 압도하지는 못하는 것이다.

물론 소마 정도의 나이에 명문 대파의 장로씩이나 되는 자의 검을 이만큼 막아 낸다는 것도 대단한 일이었다.

때문에 무당수호대 역시 소마를 다시 보았고, 그때 현도반의 고함 소리가 들렸다.

"뭣들 하느냐! 누군가의 사주를 받아 무당을 위협하러 온 자이다. 제압하라!"

생각처럼 압도하지 못하자 협공을 통해 소마를 제압하려 하는 것이다.

단 한 명을 상대로 이만한 인원이 협공을 펼치다니, 정의롭지 못한 일이지만 상대가 악인이라면 이야기가 다르다.

그것도 감히 대 무당파에게 누명을 씌워 흔들려 한 자라면 서른 명의 무당수호대가 아니라 무당파 전체가 달려들어도 시원찮다.

잠시 갈등하던 자들이 장문인을 돌아보자 그가 묵묵히 고개를 끄덕였다.

기운을 펼쳐 주변에 다른 자들이 없는 것이 확인되자 이참에 껄끄럽던 소마를 해치우기로 마음먹은 것이다.

이것은 아둔하게도 호랑이굴에 혼자 뛰어든 소마의 잘못이다.

"저자를 제압하라!"

결국 제압하는 것으로 끝나지 않겠지만 무당수호대는 소마의 굴복을 목표로 현도반을 도와 검을 날렸다.

그리고 그때, 장문인은 소마의 입가에 걸린 섬뜩한 미소를 목격했다.

"죄인을 돕는다는 건, 한패라는 소리겠지?"

"곧 죽을 놈이 무슨……."

샤삭.

무당수호대의 검이 소마가 있던 자리에 꽂히는 순간, 허깨비처럼 사라진 소마의 몸이 일 장 밖에서 나타났다.

소마의 주특기 중 하나, 백 블링크(Back Blink)였다.

순간 이동 주문으로 물러선 소마의 움직임은 거기서 그치지 않았다.

목표를 잃은 그들이 주춤거리는 순간을 틈타 허공으로 높이 솟구쳐 오른 것이다.

보는 이들마저 아찔해질, 무려 십 장―약 30m― 높이였다.

현도반을 비롯한 무당수호대가 잠시 넋을 잃고 멍하니 하늘을 바라보는 사이, 엑셀리온의 검끝으로 막대한 기운이 몰려들었다.

그리고 소마의 입에서 처형 집행자와 같은 싸늘한 음성이 흘러나왔다.

"울티메이트 어썰트."

"피, 피해라!!"

꽈과과광!!

신벌(神罰)과도 같은, 항거할 수 없는 막대한 기운이 하늘에서 내리쳤다.

"으어어……."

"크흑……."

"……."

평지 '였던' 주변은 운석이라도 떨어진 듯 거대한 분화 구로 변해 있었다.

뿐만 아니라 보법을 극성으로 펼쳐 공격 범위에서 벗어 났건만 반수 이상이 전투 불능이다. 거력과도 같은 충격 파가 그들의 전신을 때리고 간 탓이다.

개중 그나마 멀리 있던 자들이나 내공이 높은 자들은 팔이나 다리를 절뚝이는 선에서 그쳤지만 이미 소마에게 대항할 의지는 잃어버린 상태였다.

놀라운 것은, 그럼에도 목숨을 잃은 이는 단 한 명도 없다는 것이다.

그리고 거대한 분화구의 한 가운데에서, 이 말도 안 되 는 상황을 만든 장본인이 전신에 수증기를 피워 올리며 천천히 걸어 나오고 있었다.

"허허. 저건…… 괴물인가?"

소마가 만들어 낸 어마어마한 결과물에 멀찍이서 지켜

보던 권왕마저 혀를 내둘렀다.

의도적으로 현도반에게 밀리는 척하며 내공을 모으고 있었다, 한들 그 짧은 시간에 이만한 거력을 모은다는 것은 그조차도 쉽지 않은 일이었다.

하물며, 무당의 제자와 장로들의 놀라움은 이루 말할 수 없었다.

저런 괴물을 자신들이 핍박하고, 기물을 강탈하려 했었던가.

현도반의 우위로 안심했던 만큼 그들의 정신과 평정심이 산산이 부서졌다.

"이, 이게 무슨 짓이오!"

"무슨 짓? 난 내일을 하고 있을 뿐인데, 문제 있수?"

천진하게 웃는 저 모습이 왜 악귀처럼 보이는 것일까. 장로 중 두엇은 눈까지 비벼 보지만 눈앞의 현실은 달라지지 않았다.

"우, 우릴 어쩔 셈이지?"

악마를 닮았다는 마교주의 모습이 저러할까.

소마가 한 발, 한 발 다가설수록 숨통이 조여 오고 피가 머리로 몰리는 기분이었다.

"어쩌긴, 죄인을 잡아가야지."

소마가 싱겁게 웃자 장문인은 맥이 탁 풀렸다.

다행히 그의 목표는 현도반과 그를 도운 무당수호대에 국한되는 것이다.

따지고 보면 그들의 행동을 묵인하고, 은연중 지시한 장문인에게까지 책임이 돌아가겠지만 그들을 향해 돌아서는 소마의 행동에서 거기까지 일이 커지지는 않을 거라는 확신이 들었다.

품에서 끝없이 길어지는 마법의 로프는 꺼낸 소마는 넋을 잃은 현도반과 무당수호대를 하나둘 굴비 엮듯 포박했고, 나머지 장문인과 장로들은 그 모습을 그저 지켜볼 수밖에 없었다.

자신들 전부가 덤비면 어떨지 몰랐지만, 그가 달아나고자 한다면 완벽히 막을 자신이 없는 탓이다.

무림맹에서 무당의 입지가 높다 하나 정당한 권리로 직무를 수행하는 감찰대주를 공격한 것은 이미 책임을 피할 수 없는 일이다.

증거를 확인하지는 않았지만, 이곳까지 쳐들어올 정도라면 아마 확실한 무언가를 손에 쥐고 있을 테니까.

"그럼 또 봅시다, 장문인."

씨익.

움직이기 어려운 자들은 비교적 성한 자들이 들쳐 업게 하여 긴 행렬을 만든 소마는 꺼림칙한 인사를 남기고 자리를 떠났다.

무당은 그를 잡지 못했고 현도반과 억울한 무당수호대만 단 한 명에게, 제 발로 끌려갔다.

* * *

다음 날, 무림맹 전체가 소마와 무당파의 일로 들썩였다.

권왕이 속은 거라고, 허수아비에 불과하다고 평가받던 소마가 무당의 장로와 대표 무력 집단 중 하나인 무당수호대를 일거에 잡아들이니, 넋을 놓고 있던 정보기관들과 각 문파들, 캥키는 것이 있는 일부 인사들의 발등에 불이 떨어진 것이다.

더구나 현도반을 심문하며 내놓은 증거가 달아날 곳 없이 너무 치밀해서 징계를 피할 수 없게 되었다는 소문은 그들을 더욱 불안하게 만들었다.

실제로, 현도반은 장로라는 신분과 그간의 공을 인정하여 폐관 3년의 벌을 받고 무당수호대의 경우에도 근신 100일의 벌을, 어떻게 생각하면 크지 않은 벌을 받았지만 무당을 힘으로 찍어 누르고 그들을 압송한 소마에 대한 소문과 두려움은 날로 커져만 갔다.

그 일이 있은 후 무당과 소마에게는 각자 큰 변화가 있었다.

무당의 경우, 무당수호대의 한 개 대와 장로 한 명이 당분간 두문불출 할 것이라는 일밖에 변하지 않았건만, 봉문이라도 한 것 마냥 대외 활동을 일체 줄이고 쥐죽은 듯 소마의 눈치를 살폈고, 반대로 소마는 어떻게든 연줄을 대기 위한 자들의 초청에 매일을 연회로 이어 갔다.

어떤 식으로든 받은 게 있으면 돌려줘야 하는 것도 있는 만큼 권왕과 검왕은 소마가 그런 초대에 불려다니는 것이 못마땅했지만, 소마 본인이 좋다는데 말릴 방법은 없었다.

매일 같이 날아드는 초대장을 소마는 특별한 일이 없는 한 받아들이며 다시 하루하루 놀고먹은 것이다.

소마는 무당파 이후의 활동도, 충돌도 없었고, 오롯이 놀고먹는 데 모든 시간을 투자했다.

무공을 익히지 않으니 별도의 수련이 있지도 않았고 운동도 근육이 퇴화하지 않을 정도의 가벼운 뜀뛰기와 체조 정도만을 할 뿐이었다.

그러니 당연히 그를 감시하는 정보원들이 얻어 낼 자료도 없다.

다만 한 가지 불편한 점은, 소마가 모임이나 연회에 참여하는 것에 기준이 없다는 것이다.

서로 알력이 있는 집단의 연회에 연이어 나타나고, 대문파의 모임에 참여하는 대신 하급 무사들의 모임에 불쑥 나타나는 등 가리지 않고 사람을 만나는 것이다.

때문에 소문을 듣고 그를 동경하는 중급 무사 이하의 사람들에게는 호응을 얻었지만, 자신을 고위층이라 여기는 자들은 소마에게 잘 보이려 하면서도 불편하게 생각했다.

그 정도가 불편함을 넘어선 자들도 분명히 있었다.

아래 민심을 얻는 것 따위는 알 바 아니었지만, 자신들의 초대를 거절하며 참석하는 것이나 출신 성부도 알 수 없는 자가 무림맹을 활개치고 다니는 것을 고까워하는 자들은 호시탐탐 소마를 정리할 기회까지 노리고 있었다.

무당파의 경우 무식하게 강력한 소마의 힘을 보았기에 숙이고 나왔지만, 무당파 앞마당에 생긴 구덩이만 확인할 수 있던 자들의 경우는 태도가 다른 것이다.

그 정도의 흔적은 초절정 고수 간의 격돌에서 충분히 발생할 수 있는 정도의 것이었다.

문제는 강력한 두 힘 간의 격돌이 아닌,` 오롯이 소마 혼자의 힘으로 만든 것이라는 거지만.

"흠, 제갈세가의 연회라고?"

"예, 대협. 이번에는 꼭 참석 부탁드리겠습니다."

초대장을 들고 이각이나 밖에서 기다린 제갈택이 실없이 웃으며 소마의 눈치를 살폈다.

가늘게 떠지는 소마의 눈초리.

제갈가가 자신을 마뜩찮게 생각한다는 것을 아는데, 집안의 연회에 자신을 초대한다니 뭔가 구린 냄새가 나는 것이다.

다른 이가 전혀 참여하지 않는 세가만의 잔치다. 즉, 무슨 일이 있더라도 목격자는 제갈세가의 사람들뿐이라는 소리가 된다.

"진법 연구회라……?"

처음에는 누군가의 생일이라더니, 두 번째는 무슨 출범식이라 하고, 세 번째 초대인 지금은 진법 연구회란다.

제갈가의 기관진식은 무림 일절로 통하니 구미가 당기기는 하는데…… 꺼림칙한 느낌을 지울 수가 없다.

누가 뭐래도 이건 십 할 함정이다.

"예, 대협께서 진법에 관심이 많으시다는 얘기를 듣고 이번 저희 세가의 연구회에 초청을 하게 되었습니다. 비전까지는 아니겠지만 무림에서 보기 힘든 기관과 진법들을 보시고 원하시면 체험해 보실 수도 있을 겁니다. 헤헤……."

굽신 거리며 실실대는 제갈택을 스윽 쳐다본 소마는 피식 웃음을 지었다.

'그거였군.'

소마는 녀석의 말에서 '체험'이라는 단어에 집중했다.

체험을 빌미로 함정 속에 밀어 넣으려는 것이다.

일전에 제갈무기에게 면박을 준 것도 있으니 어디 한번 당해 보라는 것일 테지.

자신이 무슨 말을 했는지도 모르는 제갈택에게 마주 미소를 지어 보인 소마가 다시 입을 떼었다.

"좋다, 가지."

빤히 보이는 수작이지만 재미있어 보였다.

매일매일 진귀한 음식들을 먹기는 했지만, 천성이 마법사인 그에게는 멋진 옷, 맛난 음식보다 새로운 지식이 더욱 흥분되었다.

"예? 예! 감사합니다. 그럼 저녁에 뵙겠습니다."

소마가 수락하자 제갈택이 도망치듯 빠져나갔다.

아무래도 소마와 한 자리에 있는 것이 부담스러운 것이다.

그런 녀석을 보며 소마는 흥미로운 표정을 지었다. 과연 어떤 기관과 진법으로 자신을 재미있게 해 줄까.

그들에게는 미안한 일이지만 모든 것을 꿰뚫은 소마의 머릿속에 '위험'이란 단어는 존재하지 않았다.

그로부터 두 시진 후, 소마는 무림맹 내의 마나가 변화하는 것을 느끼며 제갈가의 영역으로 들어섰다.

제갈가 내부에서 시작된 뒤틀림으로 인해 주변의 마나가 인위적인 변화를 보이는 것이다. 무림에서 오직 소마만이 느낄 수 있는, 아주 세밀한 대기의 변화였다.

아마 무공이 아주 고강하고 감각이 뛰어난 자들만이 기분이 이상하다는 정도를 느낄 수 있겠지.

"감찰대주, 마룡참 소마 대협 드십니다."

거창한 소개와 함께 소마가 등장하자 모두의 시선이 쏠렸다.

'거참 얍삽하게도 생겼네.'

머리 쓰는 놈들은 저절로 얼굴이 변하기라도 하는 것일까, 같은 집안사람들이니 당연한 소리겠지만, 안에 모인 자들은 모두 비슷비슷한 외모를 지니고 있었다.

남자답지 못하고 이야기를 하면서도 뭔가 한쪽 구석으론 딴 짓을 하게 생긴, 전형적인 사기꾼 상이다. 동물로 따지자면 쥐 상이랄까.

"다시 만나 반갑습니다, 소협. 세 번 만에야 겨우 걸음을 해 주시는구려."

먼저 가주인 제갈무기가 음흉한 미소를 지으며 말을 건넸다.

감히 세 번이나 자신의 청을 거절한 것에 대한 뼈 있는 발언이었다.

"바빴습니다."

소마도 지지 않고 받아쳤다.

바빠서 너 따위와는 놀아 줄 시간이 없었다는 듯한, 기분 나쁜 대꾸다.

마치 아랫사람이라도 대하는 듯한 소마의 태도에 제갈무기의 눈가가 파르르 떨렸지만 소마는 아랑곳하지 않았다.

"식사는 하셨소?"

"생각 없습니다. 바로 진행하시죠."

소마의 목적은 오직 하나였다.

기관과 진법에 대해 알아보는 것.

원래는 진법뿐이었지만 드워프들이 가끔 장난삼아 만들던 신기한 장치들과 같은 것이 '기관'이라는 이름으로 이곳에도 존재한다는 사실에 소마의 흥미가 동한 것이다.

"그럽시다."

주먹을 꾹 말아 쥐고 제갈무기가 안으로, 소마를 인도했다.

"행사는 저기 있는 전각에서 진행되오만……. 소협은 여기서 잠시 기다려야 하겠구려."

"……?"

문을 넘고 넘어 당도한 전각의 앞에서 제갈무기가 말끝을 흐리며 피식 웃음을 지었다.

뭔가 찜찜한 기분.

역시나 제갈무기가 비릿한 미소를 지으며 다음 말을 이었다.

"여기에 진법이 설치되었기 때문이오. 제갈가의 사람이라면 이 정도의 진법이야 눈 감고도 통과하겠지만 소협은…… 잠시 해제해 줄 테니 일각만 기다리시오."

'우리에겐 간단하지만 네까짓 게 통과할 수 있겠냐?'라는 명백한 도발.

그제야 뜻을 이해한 소마는 알았다는 듯 마주 웃으며 대꾸했다.

"아, 그러니까 눈 감고 통과하면 되는 겁니까?"

"……?!"

그리고는 슬쩍 눈을 감고 걸음을 이어 갔다.

사실 진법을 대함에 있어 소마에게 눈을 뜨고 감음은 아무런 장애가 되지 못했다.

꼬아 놓은 마나의 흐름을 읽는 것이 요체인 진법의 파훼해 본다는 것은 그다지 큰 비중을 차지하지 못하는 탓이다.

주변의 마나의 흐름을 손바닥 보듯 몸으로 느끼는 그였기에 걸음은 당당했고, 흔들림이 없었다.

휘적휘적.

원래 잘 알던 진법이기라도 한 것 마냥, 진법 안으로 들어가 두 걸음쯤에서 잠시 멈춰 선 소마는 이후 거침없이 안으로 걸음을 옮기며 파훼해 나갔다.

"저, 저런……."

그 모습에 제갈가의 식솔들이 크게 동요했다.

지금 전각의 주변으로 펼쳐진 진법은 기존의 것이 아닌, 제갈무기가 특별히 설치한 환상진인 것이다.

소마를 비웃으며 진법을 해제해도 좋고, 발끈해서 뛰어들어 진법 속에 허우적거린다면 더 좋다는 생각으로 독하게 펼친 것이기에 이 중에서도 진법을 단번에 파훼할 자신이 있는 자는 별로 없었다.

그런 절진을 소마가 거침없이 파훼해 나가니 그들로서도 당황스럽고, 한편으론 소마를 인정할 수밖에 없었다.

소마는 자신들만큼이나 진법에 능통한 자이다.

"역시 쉽네요. 그럼 어서들 오세요."

먼저 전각 안으로 들어선 소마는 천진하게 손까지 흔들며 그들의 진입을 종용했다.

"물론이네."

단 한 명이라도 머뭇거린다면 오히려 체면을 구기는 상황. 낯빛이 창백해지는 자들을 돌아보던 제갈무기가 먼저 진법의 안으로 걸음을 옮겼다.

자신이 직접 설치한 진법이라 그런지 눈을 감지는 않았지만, 소마보다도 빠르게 통과했다.

그리고 통과하는 동안 안력이 좋지 못한 자들은 보이지 않을 정도로 빠르게 기파를 튕겨 내 진법을 해제시켰다.

제갈가에서도 가장 뛰어나다는 자이기에 가능한 기예였다.

"호오?"

그 모습을 소마도 흥미롭게 감상했다.

소마가 진법을 해제하는 것은 마나와 법칙에 대한 '이해'에 기반한 것이지 저렇게 정식으로 통과하고 해제하는 것과는 차이가 있는 것이다.

제갈무기 덕분에 다른 제갈가의 식솔들은 별다른 무리 없이 전각으로 진입했다.

소마에게 티를 낼 수는 없기에 진법이 해제되지 않은 척, 연기를 하며 접근하는 모습이 자못 우스웠지만 소마는 웃음을 꾹 눌러 참았다.

"이쪽이네."

부쩍 소마를 경계하게 된 제갈가의 식솔들을 따라 들어간 방에는 진법서로 보이는 서책들이 잔뜩 쌓여 있었다.

이번뿐만 아니라 항시 진법에 대한 연구가 이루어지는 곳인 듯, 서고뿐 아니라 방 안 여기저기에 진법이 펼쳐진 상태였다.

"그럼, 시작하겠소."

소마가 한편에 마련된 자리에 앉자 드디어 행사가 시작되었다.

행사는 간단했다. 사전에 지정된 순번대로 앞에 나와 자신이 만든 진법, 또는 새로 이해한 진법의 요체를 설명한 다음, 새로운 진법이나 막히는 부분이 있으면 함께 머리를 맞대고 연구해 보는 것이었다.

그곳에서 발표되는 내용들은 하나 같이 진법의 대가가 아니면 이해하기 힘든 것들이었다.

그렇기에 외부에 나가서는 안 되는 기밀로 여겨져 외부인을 들이지 않았지만, 과연 이것들을 이해할 수 있겠냐, 라는 자만심으로 소마의 기를 죽이기 위해 부른 것이다.

전각에 들어올 때의 소마를 보면 정말 이해하는 것은 아닌가 하는 걱정도 살짝 들었으나 내용의 상당 부분은 제갈세가 내에서 정립하여 자신들만 알 수 있는 용어들로 바꾼 것들이 많았기에 실력이 되더라도 이해하기 어려울 것이라고 판단했다.

"흐음……"

주로 진법에 대한 난상 토론을 가만히 지켜보던 소마가 침음성을 흘렸다.

그 모습에 보일 듯 말 듯 미소를 짓는 제갈가의 식솔들.

무슨 말인지 하나도 모르겠기에 내는 한숨처럼 생각한 것이다.

그때 소마가 손가락을 들어 그들이 토론하던 진법에 선을 그었다.

"복잡하게 할 것 없이 이걸 이렇게 하는 게 낫지 않습니까?"

"……?"

"……!!"

그 행동에 일부는 모르겠다는 표정을, 또 일부는 다소 충격을 받은 모습을 보였다.

소마가 가볍게 그은 선, 즉 기가 움직이는 통로로 인해 진법 안의 변화가 훨씬 복잡해졌기 때문이다.

아무것도 이해하지 못하리라 생각했는데, 진법에 대한 소마의 깊이가 그들을 뛰어넘는 것임을 의미했다.

"그, 그렇군."

별것 아니라는 듯 대꾸했지만 제갈무기 이하의 진법가들은 상당히 충격을 받은 상태였다.

사실 소마가 그 내용을 모두 알아들은 것은 아니었다.

그들의 생각처럼 못 알아듣는 용어가 태반이었다.

그러나 소마는 진법을 '이해' 했다.

복잡한 형식이나 겉치레가 아닌 핵심 요체를 이해했기에 진법을 파악하는 것이 가능한 것이다.

공부의 본질을 '이해' 하는 것.

그것은 고위 마법사의 필수 요건이기도 했다.

3써클의 마법사가 4써클로 넘어가기 어려운 것도 그 때문이다. '이해의 벽' 이라 불리는 이 시기를 넘기 위해서는 마법의 요체에 대한 명확한 이해가 필요했다.

연구 마법사든, 전투 마법사든 그것은 모두 동일했다.

그렇기에 3써클 이하의 마법사들의 뛰어난 '지식' 을 가졌다 평가받지만, 4써클 이상의 마법사들은 '지혜' 롭다고 인정을 받았다.

대마법사를 달리 '현자' 라 부르는 것도 그 때문이다.

핵심을 이해하고 진실에 가까워질 수 있는 능력을 그들은 지닌 것이다.

소마의 한마디가 있은 후, 연구회는 소마의 눈치를 보며 진행됐다.

소마가 그들 이상의 깊이를 지녔다는 것을 아는 이상 자칫하면 제갈가의 비전까지 홀랑 빼앗길 수 있는 것이다.

그렇기에 조심하면서도, 한편으로는 조언을 듣고 싶은 마음도 컸다.

그의 지도로 인해 더욱 강력한 진법을 얻거나 깨달음을

얻을 수 있다면 그 또한 큰 복이기 때문이다.

그렇게 어중간한 진행이 이어지는 동안 소마도 한 가지 깨달음을 얻었다.

바로 진법이 마법진과 크게 다르지 않다는 것이다.

다만 마법진은 외부에 강력한 영향을 끼치기 위한 것이고, 진법은 내부에 힘을 집중한다는 차이가 있었다.

물론 마법진 중에서 내부에 영향을 미치는, 진법 중에서도 외부에 힘을 미치는 종류가 없는 것은 아니다.

소마가 얻은 것은 마법진을 사용하는 또 다른 방법에 대한 생각이었다.

"자, 오늘은 이것으로 마치도록 하겠소."

그렇게 지지부진 회의가 끝나고 나자 제갈무기는 아쉽다는 듯 소마에게 다른 곳들을 구경시켜 주겠다며 이끌었다.

"장원 주변에 설치된 기관진식 때문에 외부에서 침입하려 했다간 고슴도치가 되어 목숨을 잃게 되지. 아, 도착했군."

그가 소마를 이끈 곳은 지하에 있는 제갈세가의 특별 수련 장소였다.

본래는 외인에게 공개가 되지 않는 곳이지만 소마가 기관과 진법에 관심이 깊은 듯하여 특별히 공개한다는 말 같지도 않은 미사여구로 유혹한 제갈무기는 애초의 목적

대로, 슬며시 소마에게 운을 떼었다.

"어떤가, 한번 도전해 보겠나?"

수련 장소? 웃기는 소리.

그것은 절정 고수라도 까딱 방심했다간 죽음에 이르는 무시무시한 장치였다.

제갈세가 내에 있는 '절명의 통로'라는 이름의 무시무시한 기관진식을 축소하여 만들어 놓은 그곳은 총 다섯 개의 관문으로 이루어진 무림 최악의 '처형지'였다.

수련을 위한 것이라면 통과를 위해 어떤 것을 깨달아야 하도록 안배하여, 위험한 만큼 얻는 것이라도 있어야 할 텐데, 이곳에는 그런 것이 없다.

오로지 들어선 자에게 죽음만을 강요하는, 말 그대로 '처형'하기 위한 장소.

본가에 있는 것을 축소하여 만든 것이니만큼 열 개의 관을 다섯 개로 줄고, 통로의 길이 또한 짧아졌다지만 여전히 살아서 나간 자가 없다는 것에는 변함이 없었다.

그리고 소마 역시 예외는 아닐 것이라 생각했다.

"재미있겠네요."

역시나, 소마는 미끼를 물었다.

제23장

기관 돌파!

porte moi wagon enle

moi fregate loin lou

ici la boue est faite

de nos pleurs - est i

vrai parfois que le

triste cœur d'Agathe

oin des remords des ...

이야기를 들은 소마는 흥미로운 표정으로 단박에 발을 들였다.

"정말 괜찮겠나? 우리에겐 익숙하지만 자네에게는……."

확실히 쐐기를 박으려는 듯 한마디 보태는 제갈무기.

마음에도 없는 걱정스런 표정으로 묻자 소마가 걱정 말라는 듯 손을 휘저었다.

"그냥 끝까지 쭉 걸어가면 되는 겁니까?"

"그렇네. 흠, 자네 뜻이 정 그러하다면……. 행운을 비네."

입구로 들어서는 소마를 보며 제갈무기가 씨익 미소와 함께 기관을 작동시켰다.

쿠구구구구궁!

큰 소란과 함께 제갈무기와 소마 사이로 육중한 철문이 내려왔다.

족히 반장은 됨직한 두께.

강철에 내기를 흡수하는 특수한 금속을 덧입힌 무적의 철벽이다.

때문에 밖에서 열기 전까지는 누구도 스스로 열고 나올 수 없음이다.

"아참, 돌파하지 못한다면 이 문은 열리지 않네. 끌끌."

철문이 닫히는 순간, 제갈무기는 비로소 속내를 드러냈다.

이제, 소마는 끝이다.

"흐음, 어디 가 볼까?"

그것은 어디까지나 제갈무기의 생각일 뿐, 사실 소마가 나가고자 한다면 당장에 실행할 수 있는 방법이 몇 가지 있었다.

하지만 다 알고 들어온 것이 아니던가?

그들이 얼마나 재미난 장난감들을 만들어 놓았을지는 확인해 보고 나서 나가는 것을 생각해도 늦지 않았다.

"이곳부터 시작이란 건가?"

바닥에 가로 그어진 선을 보며 소마가 선의 바로 앞까

지 한 발, 내딛었다.

쓰컹!

그때 발밑에서 묘한 위화감과 함께 날카로운 창살이 날아왔다.

시작 전이라 방심하고 있다면 발등에 구멍이 날 상황.

그러나 소마는 힘으로 창살을 눌러 밟았다. 윈드 워커가 지닌 방어력을 믿는 것이다.

피슉—!

미처 솟아오르지 못하고 멈춰 선 창살을 바라보는 사이, 양옆에서 날카로운 세례가 이어졌다.

뒤로 물러나 창살을 피해 낸 자들을 노리는 예리한 연계였다.

"오호, 이거 재밌는데?"

아무도 그 선이 시작선이라고는 말하지 않았다.

스스로 잘못된 판단을 하도록 유도한 뒤 방심한 틈을 노리는 간악한 심계.

"역시 함정은 심리전이지."

하지만 소마에게는 재미있는 장난처럼 느껴질 뿐이다.

소마는 이 기관을 만든 자를 '뭘 좀 아는 놈'이라 부르며 다음 걸음을 내딛었다.

덜컹!

이번엔 푹 꺼지는 바닥.

좀 전의 것과 같은 날카로운 창살이 기다리는 구덩이 속으로 이끄는 급작스런 함정이었다.

"좋아, 좋아."

그러나 윈드 워커가 괜히 있는 것은 아니었다.

바닥이 꺼진 허공 그 자리에서 무엇이 있나 아래를 살핀 소마의 입가엔 여전히 미소가 가득했다.

참 오랜만에 느껴 보는 재미.

과거, 수련이라는 명목으로 사부가 처넣은 수많은 마법 사들의 던전이 떠올랐다.

은거한 고위 마법사의 던전부터, 리치 굴까지……

마법사란 족속들이 자신의 것을 얼마나 소중하게 생각하고 연구 자료를 목숨처럼 여기던가.

단순한 기계 장치뿐 아니라 기묘한 마법 함정까지 즐비했던 던전들을 떠올리면 아직 이 정도는 애교에 지나지 않았다.

"실드."

소마는 보호 마법을 펼치며 가볍게 다음 걸음을 옮겼다.

촤아악!

동시에 머리 위로 쏟아지는 액체들.

실드를 타고 미끄러지는 액체를 보며 독인가? 하고 쳐다보는 사이 어디선가 화염탄 하나가 날아와 실드를 때렸다.

독이 아니라 기름이었던 것이다.

기름이 타오르며 불길이 번졌지만 실드 안에 있는 소마에게는 후끈한 열기조차 줄 수 없었다.

다음 걸음도, 그 다음 걸음도.

원래 이런 것인지 소마가 재수가 없는 것인지 한 걸음한 걸음마다 기관이 작동하며 무언가 쉴 새 없이 쏟아져나왔다.

소마가 아니었다면 절정 고수라 한들 간담이 서늘하여섣불리 한 발을 내딛기 두려울 터였다.

'그게 목적이었군.'

거기에 이 함정들의 목적이 있다고 소마는 판단했다.

시작부터 이런 맹공을 받고 나면 한 걸음 한 걸음마다무엇이 쏟아져 나올지 긴장하고, 온 정신이 쏠린다. 그래야 피해 없이 이곳을 빠져나갈 수 있을 테니까.

하지만 반대로 그렇게 정신을 쏟다 보면 심력이 고갈되어 쉽게 지친다.

아마 이 기관을 설치한 자가 노린 것이 바로 그것일 것이다.

그 증거로 어느 정도 걷다 보니 몇 걸음을 내딛어도, 아무런 장치가 작동하지 않았다.

대신 불규칙하게 통나무며 암기들이 빗발쳤다.

심력 고갈을 더욱 증폭시키려는 의도.

소마는 이 장치들을 만든 자를 '뭘 좀 아는 놈'에서 '제법 하는 놈'으로 평가를 바꾸었다.

물론, 소마에게는 전혀 통하지 않는 장난들이었지만.

멈추지 않고 쭉 걸어 나간 소마는 이각도 되지 않아 제1관문을 통과했다.

제 2관으로 이어지는 문은 손만 대니 가볍게 열렸다.

대신, 한 걸음 내딛으려는 순간부터 묘한 위화감이 들었다.

행보에 거침이 없는 소마이지만, 이번만큼은 걸음을 멈추고 가만히 안을 살폈다.

전염될 것 같은 칠흑 같은 어둠.

제 1관에서 심력을 극한까지 쏟은 자라면 가만히 있는 것만으로도 미쳐 버릴 듯한 암흑이었다.

그리고 묘한 마나의 기운이 느껴졌다.

"진법이군."

하나, 둘, 셋.

모두 세 개의 진법이 간격을 두고 설치되어 있다.

아마도 주로 정신을 공격하는 용도이겠지.

거기에 중간중간 기관까지 작동한다면 더할 나위가 없을 것이다.

특히나 진법이 설치된 곳에서 작동한다면.

한 걸음만 잘못 딛어도 혼돈 속으로 빠져 버리는 진법 내에서 그런 공격들을 받는다면 멀쩡한 고수라 해도 쉽게 통과할 수 없으리라.

"라이트."

소마에게는 통하지 않는 논리였지만.

빛이 없으면 빛을 만들면 된다.

마법으로 순식간에 빛의 광구를 만들어 낸 소마는 실드를 유지한 채 광구를 하나, 둘 떠올리며 제 2관 전체를 밝혀 갔다.

1써클의 초급 마법인 라이트는 그다지 마나를 많이 잡아먹는 주문도 아니었다.

지금의 소마라면 수백 개를 만들어 유지해도 거뜬했고, 관문 내에 설치된 진법의 기운을 느끼며 다시 앞으로 나아갔다.

"크앙."

빛을 비추다 보니 색다른 모습도 보였다.

기관이 아닌, 맹수가 풀어져 있는 것이다. 무척이나 굶

주린 듯, 살기등등한 모습이다.

　암흑 속에서 밝게 빛나는 맹수의 눈은 보는 이로 하여금 오금을 지리게 했다.

　"꺼져라."

　간만의 먹잇감에 맹수가 달려들려는 찰나, 소마의 전신에서 어두운 기운이 피어올랐다.

　마나와는 또 다른, 미증유의 기운이다.

　"끼이잉……."

　사부에 의해 마계에 버려진 시간 동안 저절로 습득한 죽음의 기운은 굶주린 호랑이마저 꼬리를 말고 달아나게 만들었다.

　물론 이후의 진법과 기관도 전혀 영향을 미치지 못했다.

　진법이 제법 까다롭기는 했지만 차분히 기운을 읽으니 파훼하지 못할 정도는 아니었다.

　진법의 파훼에 시간이 조금 걸렸으나 이번엔 기관을 구경하는 데 시간이 들지 않아 제 1관과 돌파 시간이 얼추 비슷했다.

　쿠구구궁!

　"응?"

　반 시진도 지나지 않은 쾌속의 돌파에 제 3관은 육중한 철문과 순백의 벽으로 응대했다.

통과한 2관에서 3관으로 이어지는 문이 처음과 같은 특수한 철문으로 막혀 버린 것이다.

어차피 달아날 생각도 없었기에 신경 쓰지는 않았지만, 제 3관을 이루는 순백의 벽들과 하나의 항아리는 제법 신경이 쓰였다.

먼저 소마는 흥미롭게 항아리로 다가섰다.

"음식?"

거기에는 약간의 음식이 들어 있었다. 푸짐하게 먹으면 한 끼에 모두 해치울 정도?

하지만 굳이 그런 맛없는 음식들을 집어먹을 필요가 없는 소마인지라 그대로 두고 계속 관문을 걸어 나갔다.

그리고 아무런 제지 없이 제 3관의 끝까지 도달하고 나서야 그 음식과 흰 벽의 의미를 깨달았다.

[이 장치를 작동시키면 보름 후 문이 열린다.]

벌써 세 번째 보는 철문에 제 3관의 의미를 뜻하는 문구가 적혀 있던 것이다.

칠흑 같은 암흑 다음은 순백의 벽이라, 들어선 자를 제대로 정신 나가게 만들려는 의도가 틀림없다.

이런 방 안에 보름이나 혼자 갇혀 있다면 틀림없이 정신이 나가 버리고 말 테니까.

지금까지 심력을 고갈시켜 온 자라면 말할 것도 없다.

그리고 음식. 아껴 먹어도 이틀을 못 갈 것 같은 음식들로 보름을 버티라니. 굶어 죽어도 이상할 것이 없는 일이다.

"꼭 기다릴 필요는 없지."

모든 정황을 파악한 소마는 생각할 것도 없이 엑셀리온을 꺼내 들었다.

그리고 철문을 향해 힘껏 내려쳤다.

까강!

마법검기까지 뽑아 올렸건만 깊이 파이기만 할 뿐, 박살나지 않는다.

소마는 다소 의외라는 듯 눈을 동그랗게 떴다.

그때, 옆쪽에 적힌 다른 문구가 보였다.

[내공을 써도 소용없다. 이 문에는 내공이 통하지 않는다.]

"뭐, 통하지 않는 건 아닌 것 같은데 말이지."

문구와 달리 소마는 어깨를 으쓱였다.

한 방에 깊게 패인 철문을 보면 계속해서 때리다 보면

적어도 한두 시진 내에는 부술 수 있을 것도 같았다.

하지만 소마는 엑셀리온을 다시 집어넣었다. 대신 주먹을 꾸욱 말아 쥐었다.

"마나에 내성이 있다면 힘에는 어떤지 한 번 볼까?"

그리고는 타이탄 건틀릿의 봉인을 해제했다.

"깃들어라, 거인의 오른팔!"

콰앙!

터엉! 텅! 텅!

제갈무기가 그렇게 자신하던 철문은 단번에 고철이 되어 나가떨어졌다.

"제법 묵직하긴 하군."

덕분에 뻐근해진 어깨를 풀며 소마가 투덜거렸다.

"아우, 냄새."

강제로 열려진 문의 안쪽에서 자욱한 연기가 쏟아져 나왔다.

그냥 연기가 아니라 약과 독이 섞인 지독한 연무였다.

"실라페."

그것을 알아차린 소마는 인상을 찌푸리며 바람의 중급 정령을 소환해 냈다.

소마가 정령사의 재능을 가진 것은 아니지만, 윈드 워커에 깃든 강력한 존재가 그것을 가능하게 만들었다.

"저것들 좀 치워 버려."

반쯤 인간의 형상을 한 바람의 정령이 고개를 끄덕이는
가 싶더니 강대한 바람이 제 4관을 휩쓸었다. 그리고 그
것들을 한데 모아 동그란 구체로 압축시켰다.

자신이 그런 것에 영향을 받을 리는 없지만 연기를 들
이마시는 건 그다지 좋은 기분이 아니다.

소마가 제 4관으로 들어서는 동안 연무를 모두 빨아들
인 실라페는 천천히 그것들을 정화시켰다.

패앵―!

"……?!"

연기가 사라진 제 4관을 느긋하게 걷던 소마는 갑자기
실드를 찢고 들어온 비도에 모처럼 깜짝 놀랐다.

티잉.

곧 베히모스의 마갑에 부딪혀 힘없이 떨궈지고 말았지
만 말이다.

"실드를 찢는 단검이라?"

특별한 기운이 담겨져 있는 것 같지도 않은데 가볍게
실드를 파괴한다?

약간의 물리력이 고작인 이곳의 수준을 고려해 약하게
펼쳐지긴 했지만 실드는 그렇게 쉽게 찢길 수준의 것이
아니었다.

그렇다는 것은……

"아다만티움?"

엑셀리온의 검집과 같은 아다만티움으로 만든 단검이란 말인가? 하긴, 성녀도 있는데 광석에 불과한 아다만티움이 없으리란 법은 없었다.

단검을 집어 든 소마는 잠시 이리저리 살피더니 자신의 검집을 들어 강하게 내려쳤다.

쨍강.

단박에 두 동강이 나는 단검.

부러진 단면을 살피자 그 원인을 알 수 있었다.

"코팅이었군."

아다만티움 검집과 달리 이 단검은 표면에만 가볍게 입혀 상대의 실드, 이곳의 기술로 치자면 호신강기를 파괴하는 것에 목적성을 둔 것이다.

자신의 세계에서도 한 덩이 구경하기 어려웠던 아다만티움인 만큼 적은 양을 가장 효율적으로 사용하는 법으로 고안된 듯했다.

단검의 정체를 파악한 소마는 '이곳의 제련 기술도 제법이군.' 이라 중얼거리며 다시 걸음을 옮겼다.

아다만티움은 그의 세계에서도 드워프를 제외하곤 다룰 수 있는 자가 손에 꼽힐 정도로 적은 굉장히 자존심이 강한 금속이다.

그렇게, 제 4관도 몇 개의 아다만티움 단검을 전리품으로 남기고 간단히 돌파되었다.

제 5관은 평범했다.

꽤 커다란 공간이었는데, 각 귀퉁이마다 누를 수 있는 제법 커다란 단추가 달려 있었다.

용도는 알 수 없었지만 일단 소마는 그것들을 무시하고 걸어갔다.

그때였다.

쿠구구구구구—

천장이, 천천히 내려앉기 시작했다.

그저 무너지는 것이 아니라 천장 전체가 내려오며 깔려 죽은 개구리마냥 소마를 짓누르려 하는 것이다.

"칫."

그제야 소마는 빠르게 뒤로 이동하여 가장 가까이에 있는 단추를 눌렀다.

꾸욱

쿠구구구구—

하지만 이 단추가 정답이 아니었던 모양이다. 천장은 더 빨리 내려오기 시작했고, 소마는 다시 한 번 빠르게 움직여 반대편의 다른 단추를 눌렀다.

쿠르르르르릉—

이번에도 역시나였다. 가장 가까이에 있던 단추들은 오히려 함정이었던 듯, 천장을 더 빠르게 내려앉았다.

"귀찮게도 하는군."

윈드 워커의 힘이 발휘됐다.

발끝으로 바람의 기운이 몰리는가 싶더니 질풍과도 같이 소마의 몸이 뻗어 나갔다.

그러나 다음도, 그 다음도 마찬가지였다.

암기가 튀어나오는 함정이거나, 오히려 천장의 속도를 더 빠르게 할 뿐이다.

결국 마지막 단추까지 모두 건드렸을 때, 소마는 깨달았다.

'진짜는 없다.'

애초에 내려앉는 천장을 멈춰 세우는 장치 따위는 어디에도 없던 것이다.

이미 머리 위 일 장 높이까지 다가온 천장을 힐끔 쳐다본 소마는 주먹을 꼭 말아 쥐었다.

"으랏차!"

콰앙!

타이탄 건틀릿의 힘을 이기지 못하고 바닥이 터져 나갔다. 세 사람은 족히 들어가 숨을 만한 구덩이가 생겨난 것이다.

소마는 즉시 구덩이 속으로 몸을 숨겼고, 곧 천장은 완전히 내려앉았다.

"쩝. 졸지에 두더지 신세가 됐군."

땅속에 갇힌 신세가 된 소마가 투덜거리며 라이트 마법을 시전했다.

"노움."

이어 땅의 하급 정령, 노움을 소환했다.

중급 이상은 무리지만 윈드 워커에 깃든 존재의 도움으로 다른 속성의 정령들도 하급 정도까지는 무리 없이 소환해 낼 수 있는 것이다.

땅의 정령인 노움이라면, 땅속에 집을 짓는다 해도 아주 간단히 해낼 수 있다.

"길을 열어라."

끄덕.

두더지와 비슷한 형상을 한 노움이 고개를 끄덕이자 곧장 소마의 앞으로 땅이 파지며 길이 열렸다.

천천히 걸으면 멈추지 않을 수 있을 만큼 제법 빠른 속도였다.

갈수록 흙의 색이 변하기도 하고, 조금 더 단단한지 길이 열리는 속도가 더뎌지는 구간도 있었지만 땅의 정령이 앞서는 이상 큰 문제가 되지는 못했다.

마침내 어느 지점에선가.

직선으로만 이어지던 길이 점차 완만하게 상승하기 시작했다.

"흠, 벌써 끝인가?"

소마가 첫 관문에 들어선지 한 시진이 채 지나지 않은 시점이었다.

끼이이익.

열릴 일이 없다고 생각했던 절명의 통로 출구가 처음으로, 비명을 지르며 열렸다.

"응?"

뭔가 아쉬워하며 절명의 통로를 빠져나온 소마는 밖의 상황에 조금 놀랐다.

고작 한 시진도 지나지 않았건만 제갈무기는 물론 맞이하는 사람이 아무도 없는 것이다. 나름대로 손님의 자격으로 왔을 진데, 기다리는 사람이 아무도 없다는 것은 뭔가 이상한 일이다.

"흠, 내가 너무 오래 끌었나?"

잠시 생각하던 소마는 엉뚱한 오해를 하고 말았다.

'구경할 요량으로 천천히 걸어 나왔더니 시간이 너무 오래 걸렸던 모양이군.'

'처형지'인 만큼 절대 살아 나올 수 없으리라 여기고 는 기다리지 않은 것을 기다리다 지쳐 자리를 비운 것이 라 오해한 소마는 하는 수 없이 스스로 그들을 찾아 나섰 다.

"저기인가?"

그들을 찾는 것은 어렵지 않았다.

제갈무기 등의 마나는 만나면서 이미 파악한 바이니 느 껴지는 방향으로 이동하기만 하면 되는 것이다.

다행히 가는 길에는 귀찮은 진법이나 기관 따위가 있지 않았다.

그들은, 마땅찮게 여기던 소마를 처치한 기념으로 함께 술을 한 잔 걸치고 있었다.

"여기들 계셨군요."

"너, 너는?!"

갑작스런 소마의 등장에 제갈무기는 귀신이라도 본 듯 소스라치며 놀랐다.

설사 십대초인이 들어가더라도 죽거나 초죽음이 되어 기어 나올 것이라 자신하던 절명에 통로에 들어가지 않았 던가.

게다가 제 3관 때문에라도 돌파하기까지는 최소 보름 이상이 걸려야 정상이거늘 어찌 소마가 이곳에 있을 수 있는가?

머릿속이 복잡해지고 그 답지 않게 당황한 표정이 역력하게 얼굴에 드러났다.

"좀 늦었죠?"

그런 그에게 소마는 무안한 듯 머리를 긁적거리며 답했다.

"어떻게 빠져나온 거지?"

자신이 모르는 비밀 통로라도 있었던가? 내부에 그를 돕는 간자라도 있었나?

낯빛을 굳히며 묻자 소마도 찔리는 게 있었는지 헛기침을 하며 품에서 무언가를 꺼냈다.

선명한 분홍빛이 아름다운, 핑크 다이아몬드다.

"보름이 너무 길어서……. 조금 힘을 썼습니다. 수리비에 보태세요."

다른 곳은 몰라도 제 3관의 문을 날려 버린 것이 마음에 걸린 모양이다.

철문이 핵심인 관문에서 철문을 날려 버렸으니 남의 수련장을 망가뜨린 셈이니까.

그에 제갈무기는 또 한 번 놀랐다.

진품인지는 알 수 없지만 분홍빛이 도는 금강석이라면 돈이 있어도 구하기 어려운 기물인 탓이다.

최근 상승세를 타고 대륙 십대 상단의 명성에 도전한다는 옥룡상단과 연줄이 닿아 있는 것은 알았지만, 설사 그들이라 해도 이런 물건을 쉽게 남에게 줄 수 있을 리가 없는 것이다.

이건 황실과 연계되어 있다 해도 어려웠다.

즉, 그보다 더 어마어마한 자들과 연결이 되어 있거나, 소마 개인의 재력이라는 소리.

'도대체 누구냐, 넌.'

무림의 모든 일을 손바닥 안에 두고 있다 여기던 그인지라 경계심은 더 없이 커졌다.

"잠시만 기다리게."

손톱 절반만 한 핑크 다이아몬드를 받아 든 제갈무기는 그것을 수하에게 넘기고 신법을 펼쳐 절명의 통로로 달려갔다.

무슨 일이 있었는지 직접 눈으로 확인하려는 것이다.

먼저 들어서기 전, 모든 기관진식의 발동을 멈춘 그는 절명의 통로, 그 입구가 열리는 모습을 보며 정신이 나갈 듯 휘청거렸다.

"대체, 대체…… 무슨 일이 있었던 것인가."

특수한 구결을 이용해 안력을 돋운 그는 각 관문에 벌어진 말도 안 되는 광경을 보며 허탈하게 신음성을 토했다.

"악마라도 왔다 간 것인가……."

그러나 그가 알 수 있는 사실은 아무것도 없었다.

제24장

천하 무림 대회

mporte moi wagon ense

moi fregate loin lo

ici la boue est faite

de nos pleurs - est

vrai parfois que le

triste cœur d'Agath

loin des remords des .

본가에 있는 진짜 절명의 통로가 아니기는 했지만, 소마가 절명의 통로를 최초로 통과해 내자 제갈세가의 움직임은 더욱 은밀해졌다.

이전에도 겁에 질린 제갈택의 모습을 이상히 여겨 다른 기관들에 비해 많은 수의 감시를 투입하긴 했지만, 이제는 권왕 이상의 눈들이 그와 함께했다.

고작 이십대에 십대초인 버금가는, 어쩌면 그 이상의 무력이라니…….

믿고 싶지 않고, 직접 눈으로 본 것이 아닌 만큼 단정 짓지는 않았지만, 기인기사가 모래알만큼 많은 것이 무림이기에 또한 완전히 배제하지도 않았다.

물론 그런 가능성을 열어 두는 순간, 그를 바라보는 눈들이 모두 들통 날 것도 염두에 두었다.

하지만 이곳은 무림맹.

거슬린다 해도 눈들에게 쉽게 위해를 가하지는 못할 것이다.

다만 딱히 손을 쓰지도 않았다.

제 4관에 가득 들어찬 연무들이 흔적도 없이 사라져 버린 것을 확인하고, 독이나 약 따위가 그에게 통하지 않을 수 있다는 가능성을 열어 둔 것이다.

상대가 전부를 보이지 않는다면 이쪽도 전부를 보이지 않는다.

아니, 상대가 모든 것을 내어 보이더라도 최후의 순간이 아니라면 삼 할은 감춘다. 그것이 무림에서 살아남는 법이자 무림의 가장 간단한 이치였다.

대신 절명의 통로에 남겨진 소마의 흔적들을 하나하나 분석해 나갔다.

"아우, 시끄러."

그러는 사이, 시간은 흘러 어느덧 무림맹 내로 무수히 많은 사람들이 몰려들었다.

권왕, 무림맹주가 공표한 천하 무림 대회를 보기 위한 사람들이다.

구파에 끼지 못한 대문파의 제자들도 많았고, 상인도 북적였으며 어떻게든 힘 있는 자들과 안면이라도 터 볼까 하는 요량으로 나타난 중소방파의 인원들도 줄을 이었다.

천하의 내로라하는 고수들이 모이는 자리이니만큼 고작 후기지수 모임인 용화지회에 비할 바가 아니다.

덕분에 조용하던 무림맹이 복작복작해졌다.

이름난 고수들이나 문파들이 머무는 내성은 그나마 조용한 편이었지만, 멀지 않은 외성에서 수많은 됨직한 인원들이 떠들어 대니 평온할 수만은 없는 것이다.

더구나 소마는 외성 한복판에서 사람 구경을 하는 중이었다.

"형!"

"응?"

그때, 어디선가 자못 익숙한 목소리가 들리는 듯했다.

주위를 둘러보지만 숲을 이룬 인파 속에서 누군가를 찾기란 무리다.

"형! 여기에요, 여기!"

"아!"

이어진 외침에 소마가 목소리의 주인공을 찾았다.

무척이나 반가운 얼굴, 바로 소천과 소명이었다.

그들 부자 역시 천하 무림 대회를 구경 온 모양이다.

소천은 몰라도 소명은 무림인, 그것도 한 지역에서 알아주는 고수이니까.

심드렁하던 소마의 얼굴에 모처럼 미소가 만개했다.

"소천아, 오랜만이다! 아저씨도 잘 지내셨습니까?"

"역시 아는 사이셨군요."

"잉?"

그들의 뒤로 황세령과 빙설영, 유화련이 나타났다.

아무래도 그들이 두 부자를 이리로 데려온 모양이다.

"니들이 여긴 웬일이냐?"

천하에 몇 없는 미모의 여인들이 무려 셋이나 모여 있건만 소마의 표정엔 귀찮음이 가득했다.

세 사람이 외성에 나온 지 반 시진도 되지 않아 그들을 몰라 보고 치근대던 무뢰배 열이 두들겨 맞고 앓아누운 것을 생각하면 황당한 일이다.

물론 그녀들이 직접 손을 쓴 것도 아니었다.

그녀들에게 잘 보이지 못해 안달이 난 자칭 협객들이 너도나도 달려들어 때려눕혔다.

결국 그녀들의 눈길을 받은 이는 아무도 없었지만.

그럼에도 그녀들 중 누구도 자존심 상해하거나 불쾌해 하는 기색이 없었다.

소마가 원래 그런 성격인 것을 잘 아는 탓이다.

"그야 이분들을 저희가 모셔 왔으니까요!"

"맞아요, 형! 이 예쁜 누나들이 우릴 여기까지 데려다 줬어요."

"호호, 우리 꼬마 도련님이 보는 눈이 있네?"

유화련이 당당히 소리쳤다.

소마가 누군가를 이렇게 반갑게 맞이하는 것을 본 적 없으니 분명 그에게 큰 손님일 것이기 때문이다.

더구나 소천까지 맞장구쳐 주니 기분이 좋았다. 예쁘다는 말이야 수도 없이 들었지만 그것은 치근대는 남정네들의 말이고, 천진한 아이의 대답은 느낌이 또 달랐다.

"흠, 그래. 아주 잘했다."

과연, 소마치고는 꽤 격한 칭찬이 나왔다.

이들이 어떻게 소명, 소천 부자를 알고 자신에게로 데려왔는지 궁금하긴 했지만 사실 생각해 보면 빤한 것이기도 했다.

자신의 행보를 추적해 보면 그 시작이 복건성이라는 것과, 대홍파와 싸움이 있었다는 것을 알 수 있을 테니까.

별호라는 것을 얻은 지도 꽤 오래 되었으니, 아마 이들 부자에 대한 조사도 모두 끝났을 테고, 어쩌면 직접적으로 초대장을 보냈을 것이다.

용모파기를 그려 입구부터 지키고 섰을지도 모르지.

그렇기에 그녀들이 얻은 특권은 그저 자리에서 내쫓기지 않는 것 정도였다.

그녀들이 병풍처럼 서 있는 동안 소마는 소명, 소천과 간만에 회포를 풀었다.

객잔에서 가장 좋은 자리와 가장 좋은 음식을 시키고, 두 부자의 그간 이야기를 들은 것이다.

확신할 수는 없었지만 소명과 소천은 소마가 참룡검, 또는 마룡참이라는 신비인일 것이라 예측하고 있던 터라 굳이 그의 이야기는 들을 것도 없었다.

옆에서 귀 기울이던 그녀들은 그 이야기를 듣지 못하는 것이 못내 아쉬웠지만 말이다.

빙설영과 유화련, 그리고 황세령은 꽤나 친해져서 서로 소마와 있던 일들을 공유했다지만 무당산에서 사라져 황세령의 앞에 나타나기까지의 몇 개월간 일에 대해서는 전혀 알지 못했다.

소명의 이야기도 사실 별다를 건 없었다. 대홍파가 무너진 뒤, 복건성에서 가장 큰 무관이 되었지만 당장 사부라고 할 사람은 소명 혼자였기에 무리해서 무관을 확장하지 않고 하던 대로 차근히 성장시켜 나간 것이다.

그 과정에서 떠났던 옛 제자들이 돌아와 사범으로 일을 도우면서 동네 무관 수준까지 떨어졌던 것이 이제 어엿한 대형 무관의 수준과 규모로 돌아왔다.

모두 예상할 수 있던 수준의 수순이었다.

"참 잘됐습니다."

이야기를 들은 소마는 진심으로 그들의 재기를 축하해 주었다.

"모두 자네 덕분이네."

소명도 모든 공을 소마에게 돌리며 겸연쩍어 했다.

'이대로면 다음번 후기지수 소리 정도는 들을 수 있겠군.'

소천에게 시선을 돌려 내공을 가늠해 본 소마가 씨익 웃으며 녀석의 머리를 쓰다듬었다.

소마가 머물 당시 소천이 가진 내공은 그야말로 딱 어린아이 수준의 일천한 것이었지만, 이제는 영약을 섭취하거나 벌모세수를 받은 대문파의 예비 후기지수 정도의 수준에 비할 정도였다.

소마가 그려 주고 간 마나 증폭진 덕분이다.

마나 증폭진은 본디 전쟁 같은 대단위 전투에서 고위 마법사가 위력이 큰 범위 마법을 쓰기 위해 부족한 마나를 대기 중에서 끌어모으는 데 사용되는 마법진이다.

휘발성이 강한 마법의 특성상 거의 일회용으로 쓰고 지워지는 용도인 것이다.

마법적 연성이 동반되지 않는 한, 그저 주위보다 마나가 진할 뿐, 아무런 다른 영향을 끼치지 못하기에 그의 세계에서는 큰 의미를 갖지 못하는 마법진이었지만 이곳에서는 달랐다.

마나의 축적에 '의념의 집중'을 중시하는 마법사들과 달리 이곳의 무인들은 주위의 마나량에 수련의 격차가 상당히 커지는 탓이다.

그것을 파악한 소마가 혹시나 하는 생각에 소천의 수련용으로 일반의 네 배 정도 되는 마나 증폭이 생기도록 마법진을 설치해 놓은 것이 제대로 효과를 발휘한 셈이다.

더구나 여러 약재 등을 섞이거나 특정 기운만 강하게 깃든 영약과 달리, 순수한 마나 그 자체의 농도가 진해지는 만큼 소천이 지닌 내공의 순도도 매우 높았다.

순도가 높다는 것은, 같은 힘으로 격돌했을 때 훨씬 강한 파괴력을 낸다는 의미이기도 했다.

"그런데 여긴 어쩐 일이십니까? 동네에서 제법 멀 텐데요."

"하하. 뼈마디가 삐그덕 거리기는 하나, 나 역시 명색이 정파 무인이 아니겠나. 천하 무림 대회의 포고문을 보고 잠시 짬을 내었네. 온 김에 소천이에게 넓은 세상을 구경시켜 주기도 하고……."

소명의 시선이 아련히 내성 쪽을 향했다.

"운이 좋다면 소천이의 사부를 구할 수도 있겠지."

"……!"

순간, 모르는 척 듣기만 하던 세 여자의 눈이 빛났다.

소마와 인연이 깊은 아이가 사부를 구한다? 이건 절호의 기회였다.

비록 소마가 옆에 있어 성급히 접근하지는 못했지만, 세 사람의 머리가 팽그르르 돌아갔다.

"엥? 사부가 왜 필요합니까? 아저씨가 있는데."

"허허. 자네가 나를 너무 높게 평가해 주는군. 물론 무천일검도 대성하면 일류에 오를 수 있는 훌륭한 검법이라는 것에는 자신하네. 하나 저 아이도 아비의 수준에서 만족하도록 할 수는 없지 않겠나? 자네가 손을 써 준 덕에 또래에 비해 제법 실력이 괜찮아졌다네."

일류에 만족하기엔 아까운 재능이란 말이다.

팔불출 같은 아비의 자랑일 수도 있지만 소마가 손을 써 주었다는 말에 다시 한 번 그녀들의 눈이 반짝였다.

"흠, 그렇겠죠. 근데 여기에도 쓸 만한 녀석이 별로 없던데……."

"하하, 자네 기준에서는 그럴 수 있겠지. 노구완 정도의 전대 고수의 오른팔을 일검에 날려 버릴 정도의 실력이니 절정 고수도 눈에 차지 않을 것 아닌가?"

비꼬는 듯 들릴 수도 있었지만 소명이 진심으로 하는 말이라는 것은 누구보다 소마가 잘 알았다.

'그런가?' 하고 갸웃거린 소마는 갑자기 무언가 생각난 듯, 손바닥을 탁 치며 입을 열었다.

"아, 그럼 소천이도 비무 대회에 내보내 보는 건 어때요?"

"비무 대회에?"

"듣자하니 연령 제한을 둔 소년부도 있던데, 그 정도라면 소천이한테 적당할 테고, 결승쯤까지만 올라가면 제자 삼겠다고 나서는 사람이 제법 나타나지 않을까요?"

확실히 새로이 무림을 이끌 미래의 후기지수를 뽑는다는 명목으로 목검으로 치러지는 소년부 비무 대회가 있기는 했다.

소명 역시 알고 있는 일이다. 그러나 아직 소천이 소화하기에는 부담이 큰 대회였다.

"그건 좀 무리일 것 같네. 거기에는 대문파의 제자들이나 직계들이 많이 나올 텐데……."

또래 중에서는 제법이라고 하나, 그보다 머리 하나는 큰 녀석들과도 겨루는 비무 대회에 나가기에는 부족함이 있다.

소마가 만들어 준 마나 증폭진에서 몇 년쯤 더 수련한 다면 모를 일이겠지만, 아직은 영약을 밥처럼 먹는 그들과 겨루는 것은 무리다.

소명은 그렇게 생각했다.

"흠, 그럼 비슷하게 만들면 되죠."

"……?"

소마의 생각은 그와 다른 듯했지만.

차이가 난다면, 비슷하게 맞춰 주면 된다. 소마는 아주 간단한 논리로 해답에 접근했다.

무림에서 오직 소마이기에 생각할 수 있는 방식이기도 했다.

"그건 제가 어떻게든 해 볼게요. 출전 준비는……."

"제가, 제가 대신 해 드릴게요. 아마 출전자가 많아서 정식으로 접수하려면 오래 기다리셔야 할 거예요."

이번엔 유화련이 나섰다.

화산의 이름이라면 그런 접수 절차쯤 뛰어넘는 것은 일도 아니었다.

여차하면 황룡상단에서 접수원에게 뒷돈을 찔러 주어도 되고, 검왕이 한마디만 툭 던져도 해결될 일이다.

"저, 비무 대회에 나가는 거예요?"

가만히 있다 얼떨결에 비무 대회 출전이 결정된 소천은

외려 반짝이는 눈망울로 큰 흥미를 보였다.

역시 무인의 자식인 것은 속일 수가 없는 모양이다.

*　　　*　　　*

어떻게든 해 주겠다더니, 소마는 비무 대회 접수가 끝나고 시합이 하루 전으로 다가올 때까지도 소천을 데리고 여기저기 놀러 다니기 바빴다.

그 모습이 어찌나 여유롭던지 지켜보는 그녀들만 속이 터질 지경이다.

손목을 잡고 슬쩍 가늠해 본 소천의 내공은 약 오 년 정도. 운이 좋아 작은 영약이라도 먹은 것인지, 소마가 무언가를 한 것인지 또래에 비해 내공이 깊었고, 기본을 탄탄하게 잘 배워 움직임도 균형이 잡혀 있었지만, 소천보다 두세 살은 더 많은 대문파의 대제자보다 뛰어나다 할 수는 없었다.

비무에 대한 감각이 좋다 한들 내공이나 힘 모두에서 밀리니 어느 수준 이상에서는 일방적으로 밀리다 두드려 맞고 패할 것이 분명한 것이다.

며칠 함께 지내면서 소천에게 정이 든 그녀들이기에 소천이 그런 식으로 당하는 것은 원치 않았다.

"걱정 마. 무슨 생각이 있으실 거야."

"그래요. 저분을 믿어 보세요."

"그렇지만……."

대회 당일이 되자 조급해져 발을 동동 구르는 유화련을 빙설영과 황세령이 진정시켰다.

그러나 그들 역시 불안한 건 다르지 않는지 눈빛은 끊임없이 흔들리고 있었다.

"자, 소천아. 잘할 수 있지?"

"네! 형."

워낙에 뒷배가 좋았던 탓에, 굳이 원하지도 않았지만 소천은 예선을 경기 없이 통과하고 말았다.

예산이라는 것이 본디 실력 없는 자를 거르기 위함인데 소마나 검왕, 권왕까지 나서 추천하니 예선을 치르게 하는 것이 그들에 대한 불경인 것이다.

덕분에 첫 상대부터가 초씨세가의 대공자였다.

무천검문이 복건을 놓고 겨루었던 대홍파와는 비교도 되지 않는 강력한 무력을 지닌 초씨세가.

빠르고 날카로운 도법이 인상적인 상대의 무공은 묵직한 맛이 있는 무천일검과 상극이라 할 수도 있었다.

"걱정 마. 불의 상극이 물이듯, 물의 상극도 불인 거니까. 그러니까……."

"그냥 한 방 빡! 날려라, 맞죠?"

그세 소마에게 전염되었는지 소천은 마주 씨익 웃으며 답했다.

"바로 그거야! 내가 알려 준 건 안 까먹었지?"

"네!"

소천은 가볍게 주먹을 쥐어 보였다.

"에…… 무천검문의 소천 공자. 비무대로 올라와 주십시오."

그때 사회를 보는 무사가 소천을 호명했다.

공정성을 위해 똑같이 만들어진 목검 중 하나를 골라 비무대로 향했고, 상대 역시 나무로 만들어진 도를 들고 그 앞에 마주 섰다.

피식.

상호 간의 예의도 취하기 전에, 초씨세가의 대공자란 녀석의 입가에 비웃음이 흘러나왔다.

전혀 이름조차 들어 본 적 없는 지방 문파의 제자라고 자신보다 한두 살은 더 어려 보이는 녀석이 나왔으니 첫 승은 거저 챙겼다 자신하는 것이다.

"상호 간의 예의!"

"잘 부탁드립니다."

"열심히 해 보도록."

이내 사회자로부터 구호가 떨어지자 녀석은 마음에도 없는 소리를 하며 뒤로 슬쩍 물러났다. 포권도 하는 둥 마는 둥이다.

그리고는 거만하게 검을 늘어뜨리고 소천에게 말을 건넸다.

"오너라."

"네, 넵!"

선공을 양보하겠다는 것이다.

"멍청한 놈."

강자로서의 여유를 부리는 초씨세가의 아해에게 소마는 냉정한 평가를 내렸다.

설사 자신이 훨씬 우위에 있다 해도 앞으로의 경기를 생각하면 벌써부터 힘을 빼서는 안 될 일이다.

그런 녀석을 보며 소천은 쭈뼛쭈뼛 검을 들었다.

그리고 첫 공격을 감행하기 전, 소마가 선물한 자신의 장갑을 손가락으로 한 번 슥 매만졌다.

"파워 업."

초식명도 아닌, 이 세계에서 소마만이 사용하던 언어가 소천의 입에서 튀어나왔다.

동시에, 땅을 박찬 소천의 몸이 그의 것이라 믿기 힘들 정도로 빠르게 움직였다.

"……?!"

콰직!

당황한 대공자가 빠르게 발도했지만 부딪힌 목도는 박살이 나며 그 자신도 비무대 거의 끝까지 튕겨져 나가고 말았다.

"쩝! 출력이 과했나?"

부족한 내공과 근육을 보조 마법으로 메운다.

계획은 좋았다.

그런데 몇 살씩이나 더 먹은 녀석들이 나온다기에 출력을 조금 더 높인 것이 문제였다. 이쯤은 돼야 위험하지 않겠지 하는 생각에 소천에게 만들어 준 파워업 글러브의 출력을 마지막에 조금 더 높였더니, 상대가 그에 한참이나 미치지 못한 것이다.

어린아이들의 싸움이기에 내공보다는 육체적 능력이 무엇보다 크게 작용했다.

오 년이든 십 년이든 그 정도 얕은 내공으로는 내뻗는 검에 힘을 조금 더 실어 주는 효과밖에 내지 못한다.

"소, 소천. 승!"

"와아아아!!!"

잠시 넋을 잃고 있던 사람들이 사회자의 판정에 열광했다.

무려 초씨세가라는 대문파의 대공자를 이름도 모를 지방 문파가 압도적으로 꺾은 것이다.

특권층이라 할 수 있는 대문파에 대한 묘한 반감을 가지고 있던 대중들에게는 속이 다 시원한 일이 아닐 수 없었다.

"뭐, 상관없겠지."

비무에 승리하고 신이 나서 돌아오는 소천을 보며 소마는 잠시 출력을 낮춰 놓을까 생각하던 것을 접었다.

어차피 진검으로 싸우는 것도 아닌데 뭐 어떻냐, 라는 판단이다.

이름도 없는 삼류 무관—실제로 삼류이든 그렇지 않든 그들에게는 그렇게 비쳐졌다—에게 진 초씨세가는 억울하고 분했지만 감히 복수를 꿈꿀 수는 없었다.

소천의 의형이라 자처하는 소마도 두려웠지만, 금룡상단과 화산, 검왕이라는 뒷배는 자신들이 어느 것 하나 넘지 못할 벽과도 같았으니까.

자리에 돌아온 소천은 세 미녀의 축하를 듬뿍 받으며 싱글벙글이었다. '소마와 검왕의 추천'이라는 특이사항에 혹시 하고 자리를 찾았던 대문파의 인물들은 죄다 똥 씹은 표정이었다.

아무리 추천인의 이름이 높다 한들 잠시 연을 맺은 것

에 불과한 아이가 대단한 실력을 보일 것이라고는 아무도 기대하지 않은 것이다.

그저 경험을 쌓게 하거나 자만심을 꺾어 줄 요량으로 참가하게 한 것이겠지 생각하는 것이 사실 보통이긴 했다.

소천의 경기가 끝나고 다음 상대로 지목되거나 대진표를 따라 올랐을 때 소천과 마주칠 가능성이 있는 자들의 문파는 발칵 뒤집혔다.

대체 무슨 짓을 했는지는 알 수 없지만 초씨세가의 말에 따르면 소천의 일격이 외공을 익힌 이류 무인이 힘껏 내려친 것과 같은 위력이었다고 한다.

아직 힘도, 내공도 부족한 이들이 막아 내기엔 무리가 따른다는 뜻. 아무리 대문파의 제자니 어쩌니 해도 아직 몸도 채 영글지 않은 애였다.

"소천 승!"

덕분에 다음 상대인 황보세가는 대비도 채 해 보지 못하고 패하고 말았다.

그것도 자신 있던 권에 의해서 무릎을 꿇은 것이다.

소천은 그럴 생각이 없었지만, 상대가 무기를 들지 않고 오르는 것을 본 소마가 지시한 탓이었다.

"우와아아아아!!"

결과적으로 그 선택은 사람들의 열광과 환호를 이끌어

냈다.

황보세가로서는 자존심 상하는 일이 아닐 수 없지만, 지금 무림맹을 채우고 있는 이들 중 칠 할 이상을 차지하고 있는 중소방파와 독보 강호하는 무림인들은 더 없이 통쾌한 일인 것이다.

환호하는 이들 중에는 나름대로 고수 소리 듣는 자들도 제법 많았다.

무위가 절정에 오르며 어디에서든 행세 꽤나 할 수 있게 되었지만, 무공도 낮은 대문파의 제자들에게도 한 수 접어 줘야 했던 수많은 일들이 떠오르는 까닭이다.

그리고 그들의 흥분은 다음 경기도, 그 다음 경기에서도 이어졌다.

아무런 대처법을 찾지 못한 채 소천에게 하나둘 무릎 꿇은 것이다.

사실 대처법이란 게 있을 턱이 없다.

무공이란 것이 속성으로 만들어지는 것도 아니고, 격체전공이라도 하여 내공을 한 아름 떠안겨 주지 않는 이상, 그 마법적 힘에 맞설 수 있을 리 없기 때문이다.

단순히 어린아이 싸움에 이기기 위해 그런 아까운 짓을 할 사람이 있을 리 없다.

소천이 파워 업을 외칠 때마다 얻는 미증유의 힘은 제

한 시간이 일각에 불과했지만, 반 각, 아니, 삼 초를 버티는 자도 찾기 어려웠다.

그렇게 매번 압도적인 힘의 차이를 보이며 소천은 승승장구하여 소년부 준결승까지 오르고야 말았다.

"소천아, 힘내!"

"이번에도 뭉개 버려!"

비무대에 오르는 소천은 또 한 가지 이유로 주목을 받고 있기도 했다.

절세 미녀 셋의 응원을 한 몸에 받고 있는 것이다.

아직 어린아이이기에 치졸하게 질투를 하는 이는 없었지만, 어쨌든 부러운 것은 부러운 것이다.

"등장이 요란하군."

"죄송합니다."

상대인 모용휘라는 아이가 침착하게 소천을 맞이했다.

머리를 긁적이며 사과하는 소천. 갑작스레 주목을 받았다지만 아직 아이는 아이였다.

이는 소천이 지금의 선전이 자신의 힘이 아님을 알고 있기 때문이기도 했다.

소마가 소천을 위해 특별히 제작한 아티펙트인 만큼 이번 대회가 끝난다 해도 파워 업 글러브를 소천에게서 다시 회수하지는 않을 테지만, 그것이 힘을 발휘할 수 있는 것도 어느 수준까지.

그 힘에만 의지하다 경지에 오른 자와 만나면 단번에 목숨을 내놓게 될 것이라는 경고를 이 장갑과 함께 선물받은 것이다.

천성이 우쭐대기를 좋아하는 아이가 아니니, 그 말은 소천의 가슴속에 깊이 새겨졌다.

"가지."

비무가 시작되자 모영휘가 먼저 움직였다.

자존심이 상하는 일이기는 하나 그간의 경기력으로 보아 선공을 내줄 경우 손 한 번 써 보지 못하고 속절없이 당하기만 할 수 있다는 판단에서였다.

"일검탄천!"

확실히 그 판단은 유효했다.

그 정도의 능력 차이라면 공격을 공격으로 받는다 해도 이득을 보는 것은 소천 쪽일 테지만 날카롭게 파고드는 공격에 겁을 먹어 방어 초식을 펼친 것이다.

경험이 부족하기 때문에 생긴 판단 착오였다.

물론 그렇다고 해서 소천이 딱히 불리해진 것은 아니었다.

투로를 차단한 일검탄천의 초식에 소천의 강화된 힘이 더해지니 모용휘의 검은 그를 스치지도 못하고 오히려 저릿한 반탄력을 받으며 뒤로 물러서야 했기 때문이다.

하지만 모용휘는 멈추지 않았다.

여기서 공격을 멈추고 주도권을 내주고 만다면 그야말로 필패일 것임을 직감적으로 아는 것이다.

소천의 경험이 아이들의 막대기 장난에 불과했다면, 녀석은 매일 녹초가 되거나 기절을 할 때까지 실전과 같은 훈련을 반복한 차이였다.

그 매서운 기세만으로도 소천은 계속해서 수비적인 자세를 취할 수밖에 없었다.

장갑에 걸린 보조 마법에는 약한 보호 효과도 포함되어서 한 대쯤 맞는다 해도 충격이 크지 않을 테지만, 이 정도로 저돌적인 공격을 받아 본 적이 없는 터라 감히 수를 교환할 생각을 하지 못했다.

모르는 이가 본다면 소천이 모용휘를 가지고 놀 듯 완벽하게 공격을 막아 내고 있다 생각하겠지만 경지에 이른 자들은 그 사실을 모두 꿰뚫어 보고 있는 상태였다.

"흐음, 너무 질질 끄는데."

그러는 사이, 벌써 시간이 반 각이나 흐르고 말았다.

파워 업의 남은 지속 시간은 이제 반 각 남짓. 상대 역시 지속적으로 이만한 공세를 취하기 힘에 겨워 보였지만 어쨌든 서두르는 편이 좋았다.

"일검천하!"

쐐애액—

그것을 스스로도 느꼈는지 소천도 드디어 공세를 취했다.

묵직한 일격에 강화된 힘이 실리자 파공성부터가 달랐다.

연환 공격을 이어 가던 모용휘도 감히 경시하지 못하고 물러서 버려 그 덕에 흐름이 바뀌고 말았다.

"쯧, 거기서 받아쳤어야지."

그 순간, 소마의 입에서 안타까운 목소리가 흘러나왔다. 소천의 움직임이 공격적으로 변하는 순간, 힘은 실렸으나 허점도 많아졌다.

모용휘는 그 힘에 놀라 몸을 빼었으나 차라리 더욱 파고들었다면 승부는 모를 일이 되었을 것이다.

그러나 이미 물러선 이후였고, 소천의 허점은 공격이 계속될수록 줄어들었다.

"소천, 승! 결승 진출!"

"와아아아아아!!"

결국, 모용휘는 한 번 빼앗긴 주도권을 되찾아 오지 못하고 패하고 말았다.

어린아이라 부르기 무색할 정도로 소천과 모용휘의 기

량의 차이는 컸지만, 능력치의 차이는 그보다 더욱 컸다.

"이제 결승이네?"

얼떨결에 참가했다가 결승에까지 올라 버렸다.

이제 일 승만 더 거둔다면 우승이 되는 상황.

모두가 흥분에 격앙되었지만 소마는 당연한 결과라 여겼다. 엄밀히 말하면 이건 사기에 가까웠으니까.

"우승, 우승이에요!"

"응?"

잠시 휴식을 취하는 사이, 어딘가에 다녀온 유화련이 소천의 손을 잡고 호들갑을 떨었다.

"결승전 상대인 남궁세가에서 기권을 했어요. 천이가 우승이라구요!!"

소마를 알기 때문일까, 검의 명가라는 남궁세가는 그 높은 자존심을 꺾고 기권을 택했다. 사유도 아주 솔직하게 '아직 부족하다고 느껴서'란다.

덕분에 소천은 자동으로 우승이 확정되었다.

"우승자 소천은 앞으로 나오라."

"와아아아!!"

제25장

소마, 적수를 만나다

porte moi wagon enle
moi fregate loin lou
ici la boue est faite
de nos pleurs – est i
vrai parfois que le
triste cœur d'Agathe
oin des remords des …

경기 때와도 비교 할 수 없을 만큼 커다란 환호 소리와 함께 소천이 비무대로 다시 올라갔다.

소년부 비무 대회 우승자로서 맹주의 인정을 받고 상도 받는 시간이 마련된 것이다.

맹주의 앞이라서인지 소천이 잔뜩 얼어 있는 모습으로 비무대 위로 올랐다.

"훌륭한 경기였다. 대단한 재목이더구나."

"가, 감사합니다."

맹주, 권왕은 진심으로 소천을 칭찬했다.

어떻게 그런 엄청난 힘을 냈는지는 알 수가 없지만, 적어도 자세와 기본기만큼은 튼튼한 것을 알 수 있었기 때문이다.

바른 자세에서 바른 힘이 난다.

아무리 큰 힘을 지니고 있더라도 어설픈 자세와 허술한 기본기를 가지고 있다면 힘의 반도 내지 못하고 말 것이다.

"자, 이제 소원을 말해 보거라."

"소원…… 이요?"

소년부의 우승자는 맹주에게 한 가지 소원을 말할 수 있다.

물론 들어줄 수 있는 수준에 한해서이지만, 대게의 어린아이들이 그렇듯 무리라고 할 만한 요구를 하는 경우는 거의 없었다.

그러나 소천은 소원을 빌 수 있다는 것 자체를 몰랐다.

애초에 출전할 생각이 전혀 없었기 때문이다.

덕분에 잠시 머뭇거렸고, 권왕도 채근하지 않고 가만히 웃으며 말을 기다렸다.

"제가…… 대신 말씀을 올려도 괜찮겠습니까?"

그때 갑자기 소명이 나섰다.

덕분에 모두의 시선이 쏠려 부담스러웠지만 이런 기회에 그런 것을 따질 것이 아니었다.

"소천의 아비 되는 사람입니다."

"알고 있소, 무천검문주. 말씀해 보시오."

모를 리가 없다.

그렇게 관심을 갖는 소마와 격 없이 가까운 사람이며 무림맹을 발칵 뒤집어 놓은 소천 때문에라도 모를 수가 없었다.

맹주씩이나 되는 사람이 자신을 알아봐 주자 소명은 황송하다는 표정으로 다시 인사를 하며 차분히 입을 열었다.

"이 아이에게 스승을 구해 주셨으면 합니다."

"스승이라······?"

그의 청에 권왕은 곧 알겠다는 표정을 지었다.

어떤 수를 내었는지 당장에 큰 힘을 발휘하기는 했지만, 미래를 생각했을 때 더 높은 수준의 무공을 아이에게 주고 싶은 마음인 것이다.

그 자신이 익힌 무공도 일류의 무공이긴 했지만 이곳은 무림맹. 절정이나 초절정의 고수들도 얼마든지 있는 곳이었다.

"그럼 나는 어떻소?"

"······예에?"

"하하. 농담이오. 검문의 사람이니 검을 익히길 원하겠지. 흠, 그럼 누가 좋을꼬······."

소명은 아니라고, 괜찮다 말하고 싶었지만 권왕의 무공을 잇기를 바라는 건 무리라는 것을 스스로도 잘 알고 있었다.

"저기……."

"제가……."

잠시 권왕이 고민하는 사이, 소천이 탐났던 몇몇이 슬쩍 비무대 쪽으로 걸음을 옮겼다.

미리 언질을 받은 황룡상단의 초청 고수들이나, 화산의 장로들은 물론, 소천의 비밀을 알고 싶은 이름난 문파들의 고위급 인사들이 다수 끼어 있었다.

이미 소명의 무공이 일류에 이르렀으니 그 이하의 무공을 지닌 중소방파에서는 나설 엄두도 못 내었다.

"나에게 배워 보는 건 어떻겠느냐?"

그때, 누군가 권왕의 곁으로 표흘히 날아 내려앉으며 소천에게 웃어 보였다.

"헉!"

"검왕!"

"아버지!"

십대초인 중 하나라는 검왕이 나선 것이다.

빙설영조차도 그가 나설 줄은 몰랐는지 깜짝 놀라 소리를 지르고 말았다.

유일한 자식인 빙화가 여아라는 이유로 무공을 전수하지 않았던 검왕이 드디어 후인을 찾은 것이다.

"조, 좋아요."

내심 아버지가 아닌 다른 스승을 맞이한다는 것이 불편했던 소천마저도 검왕의 등장에는 고개를 끄덕이고 말았다.

검왕이라면 검을 쓰는 모든 자들의 우상이었으니까.

어린아이인 소천이라면 말할 것도 없는 일이었다.

"에잉, 이렇게 낚아채긴가?"

"하하, 아직 부모의 품이 필요한 아이이네. 맹주인 자네에게 배운다면 꼼짝 없이 이곳에 갇혀 지내야 할 것 아닌가? 그러니 나에게 배우는 것이 낫지. 이번 행사가 끝나면 이 아이의 집으로 들어가 가르쳐 볼 생각이네."

그 말에 다시 한 번 소천의 표정이 밝아졌다.

검왕에게 배우는 것도 황송한데 집을, 아버지를 떠나지 않아도 된다니. 이보다 더한 기쁨이 어디 있겠는가?

"아야."

꿈을 꾸는 것은 아닌지 스스로 볼을 꼬집어 본 소천은 헤헤 웃으며 넙죽 검왕에게 절을 올렸다.

스승을 맞이하는 예, 구배지례였다.

이로서 소천이 검왕의 제자가 되었다는 사실이 만천하

에 공표되었다.

"흠, 잘된 건가?"

"그럼요! 무려 검왕님의 제자인데!"

유화련은 제가 검왕의 사사를 받기라도 하는 듯 흥분해서 소리쳤지만 소마는 마냥 축하해 줄 수가 없었다.

강해지기 위해서는 그만한 대가가 필요한 법.

검왕씩이나 되는 강자의 수련이라면 만만치 않게 혹독할 텐데, 어린 소천이 잘 받을 수 있을까 걱정인 것이다.

'쩝, 적어도 마계에 던져 넣진 않겠지.'

그래도 검왕이 자신의 스승 같은 짓을 하지는 않을 것이라 생각하며 소마가 마지못해 함께 축하해 줬다.

덕분에 그날은 하루 종일 소천과 검왕에 대한 이야기로 무림맹이 떠들썩했다.

함께 출전한 다른 아이들의 배경에 비하면 없는 것이나 마찬가지인 소천이 압도적인 무위로 우승을 차지한 것도 놀랄 일인데 검왕의 제자로 다시 태어났으니 호사가들이 말하기 얼마나 좋은 소재인가.

그날 그들에 대한 말만 모으더라도 아마 장강을 가득 채우고도 남을 터였다.

그 이야기들은 심지어 다음 날 벌어진 고수들의 비무 대회보다도 사람들 사이에 더 회자되었다.

성인들의 비무는 승패를 예측하기가 너무 쉬웠던 탓이다.

소년부와 같이 대이변을 기대한다면 바보 소리를 들을 만큼 대문파 출신과 중소방파 출신의 실력 차이는 확연했다.

진검으로 겨루는 만큼 더욱 치열하고 긴장감 넘치는 게 정상일 터인데, 어찌 된 것이 소천의 경기보다도 재미가 없었다.

대문파 출신이 얍, 하고 소리치면 중소방파 출신은 윽 하고 쓰러지니 소년부와 달리 사람들로 하여금 자괴감과 괴리감만 심어 준 것이다.

어쩔 수 없는 일이라는 것도 알고 애초부터 예상한 일이기는 했지만, 소년부로 인해 뜨거워진 사람들의 가슴은 그것을 받아들이기 조금 힘들어 했다.

물론 경기가 거듭될수록 보는 재미는 있었다.

소위 명문 대파에서도 내로라하는 고수들이 서로 검을 섞으니 눈이 따라갈 수만 있다면 안목을 넓히는 좋은 기회가 되었다.

서로 간의 체면 지키기인지 구파의 인물은 참여할 수 없다는 규칙 때문에 이름 높은 매화검법이나 타구봉법, 운룡대팔식 같은 전통의 상승 무공은 볼 수 없었지만, 무림에는 그들만 있는 것이 아니라고 말하기라도 하듯 다른 이들도 놀라운 무위를 보였다.

소마는? 참여하지 않았다.

구파의 일원도 아니니 출전 자격은 갖추었지만 '귀찮다' 라는 이유로 고사한 것이다.

검왕과 권왕이 은근슬쩍 부추겼지만 소마의 고집은 꺾을 수 없었다.

"재밌네."

덕분에 목 좋은 곳에 눕듯이 앉아 비무 대회를 즐길 수 있었다.

예의 없어 보일 수 있는 자세였지만, 신경 쓸 소마가 아니다.

콜로세움의 검투사들을 구경하기라도 하듯 순수하게 싸움 구경을 즐기는 것이다.

이 세계에 와서 몇 가지 무공이란 것들을 견식하고 일부는 붙어 보기도 했는데 계속해서 새로운 것들이 나오니 신기하기까지 한 것이다.

그의 세계에서는 유서 깊은 기사 집안에서나 겨우 있을까 말까 한 것이 고급 검법인데 말이다.

더구나 이만한 능력을 지닌 자들이 국가를 이루지 않고 한 집안이나 집단의 자리에 만족한다는 것도 놀라운 일이다.

'그런 의미에서 하렌, 그 양반이 이상한 거였지.'

그런 환경에서도 신의 경지에 달한 하렌은 정말이지 인간이 아닌 것 같다고밖에 표현할 수 없었다.

에둘러 표현한 것이 아니라 정말 신의 경지다.

젊은 시절 소마의 스승인 아크론과 함께 인간 세계에 강림한 마왕을 때려잡은 인물이니까.

이후 실력이 더 높아졌다 하니 이제는 아마 혼자서도 마왕쯤은 가볍게 두들길 것이다.

"최종 우승, 산동악가의 악반휘!"

소마가 상념에 잠겨 있는 사이, 우승자가 나왔다.

구파와 오대세가가 빠지기는 했으나 역시나 명문이라는 산동악가의 소가주가 우승을 거머쥐었다.

긴 창을 때로는 길게, 때로는 짧게 쥐고 간격을 농락하는 기술이 아주 일품이다.

이래서는 창의 약점이 거리에 있다는 이야기도 쏙 들어갈 판이다.

창을 빙글빙글 돌리며 환호에 답한 악반휘는 권왕에게 시선을 떼지 않은 채 그 자리에 털썩 주저앉아 호가롭게 운기조식을 취했다.

결승에서 소모된 내공을 회복하는 것이다.

운기조식 중에는 작은 충격도 커다란 내상이, 때로는 주화입마라는 위험한 상황에 빠질 수 있었지만 그는 당당하게 권왕을 바라보며 운기조식을 취했다.

당장 이곳에서 그를 해할 이가 없어서이기도 했지만, 자신의 패기를 과시하는 것 같아 보이기도 했다.

"우승자 악반휘는 창을 들어라."

잠시 후, 어느 정도 내공을 회복한 그가 자리를 털고 일어서자 권왕이 비무대 위로 오르며 가볍게 기운을 내뿜었다.

반사적으로 창을 들어 올린 악반휘.

금세 격돌이라도 할 듯한 분위기가 조성되었다.

"엥? 저 영감은 또 왜 저래?"

그 모습에 소마가 갸웃거렸다.

"비무 대회 우승자의 포상은 맹주와의 비무예요."

그러자 옆에서 그럴 줄 알았다는 듯, 황세령이 대신 대꾸했다.

무림 최고수 중 한 명인 권왕의 지도 비무라면 경지에 오른 자들에게는 그 어떤 영약보다도, 그 어떤 보물보다도 값진 의미가 있었다.

그제야 소마도 알겠다는 듯 고개를 끄덕였고, 악반휘의 선공이 시작되었다.

"갑니다."

자신이 권왕의 상대가 되지 못하는 것을 인정한 탓일까, 그는 첫 수부터 맹공을 퍼부었다.

강한 회전력이 깃든 찌르기.

전신 내공이 실린 그 공격은 바윗덩이가 막아 서더라도 꿰뚫을 정도로 힘 있고, 날카로웠다.

"허허, 그리 급할 거 무에 있나."

그러나 권왕은 아주 여유 있게 손을 우에서 좌로 옮기며 창을 튕겨 내었다.

급히 내공을 돌리며 창을 회수하는 악반휘.

만약 권왕이 피하려 했다면 스스로 창을 튕겨 쫓아 들어갔을 테지만 힘으로 튕겨 내니 이젠 자신이 창을 놓치지 않으려 애를 써야 했다.

내공에 회전력까지 더해 강대한 파괴력을 만들어 냈지만, 상대가 더 큰 힘을 가지고 있다면 되려 자신이 위험해진다.

그 한 수로 악반휘는 자신이 자랑하던 절초의 위험성을 깨달았다.

"다시…… 갑니다."

"오게."

급히 내공을 눌러 창이 튕기는 것을 막느라 손바닥까지

찢어진 악반휘는 다시금 입술을 질끈 깨물며 창을 찔러 갔다.

창을 쓰는 자가 본디 거리의 이점을 이용해 중거리에서 찌르기로 승부를 보려 하지만 이미 본 것처럼 악반휘의 창술은 달랐다.

때로는 늘어났다, 때로는 줄어들었다.

자유자재로 길이를 조절하며 권왕의 거리감을 빼앗으려 드는 것이다.

"좋군."

어렵지 않게 막아 내긴 했지만 권왕은 진심으로 감탄했다.

악비의 후손이라더니 더없이 신묘한 창술이다.

경지의 차이가 나지 않았다면 금세 손발이 어지러워지고 몸의 몇 곳에 구멍이 뚫렸을 것이다.

"나아가고 물러섬이 자유로우며 달라붙고 밀어냄에 거침이 없다. 그러나……."

가볍게 손을 놀려 모든 공격을 무위로 돌린 권왕이 그의 창술에 대한 평과 함께 가르침을 내렸다.

"더 나아가고자 한다면 그 모든 것이 창 한 자루에 담겨야 할 것이다."

"꺼억!"

주먹과 창끝이 부딪혔건만 피를 토하며 쓰러지는 자는 악반휘였다.

튕겨 나가지도 않았다.

자신이 말한 바를 몸소 보여 주는 듯, 악반휘는 선 채로 몸이 날아갈 만큼 강한 충격을 받더니 제자리에 주저앉았다.

기의 흡(吸)과 탄(彈)이 동시에 일어난 것이다.

"끄윽……."

"정진하시게."

가르침이 끝났는지 비틀거리는 악반휘를 뒤로 하고 권왕이 몸을 돌렸다.

"아직, 아직입니다!"

그러나 이 기회를 놓칠 수 없다는 듯, 악반휘는 창에 의지해 꿋꿋이 몸을 일으켰다.

제법이라는 듯 눈에 이채를 띄는 권왕.

아마 의도적으로 일어나지 못하게 강하게 때린 모양이었다.

"아직 한 수가……."

휘익.

그때 비무대 위로 무언가 빠르게 날아들었다.

"큭, 웬 놈이냐!"

자신의 비무에 끼어든 것이 불쾌하다는 듯, 그것을 악반휘가 창대로 힘껏 후려쳤다.

쨍강.

약병이 깨지며 새까만 무언가가 그와 권왕의 앞으로 쏟아져 내렸다.

"큽!"

"우욱!"

"이, 이건……!"

독이었다. 그것도 지독한.

고작 독 향이 잠깐 돌았을 뿐인데 내공이 약한 자들은 핏물을 토해 내며 그대로 쓰러졌다.

내상을 입은 악반휘는 다행히 권왕이 힘껏 밀쳐 낸 덕에 치명적 중독을 막았지만, 권왕마저 일순간 비틀거릴 정도로 독의 성능은 강력했다.

그리고, 익숙했다.

"놈들이다!"

뒤에서 지켜보던 검왕도 코를 막으며 강하게 반응했다.

순식간에 전신을 침투하는 독의 감각이 호되게 당해 보았던 그것과 닮아 있는 것이다.

예상치 못한 적의 등장에 소마도 벌떡 일어나 주위를 살폈다.

다행히도, 황세령이 어느새 소환된 크루세이더와 함께 소명과 소천 부자를 지키고 있었다.

빙설영과 유화련도 마침 근처에 있어 피해를 받지 않았다.

제아무리 강력한 독이라 한들 일부 능력을 각성한 황세령의 신성력을 뚫지 못한 것이다.

일종의 신성 지역에 자리한 터라 독의 영향을 받지 않은 두 부자와 두 여인은 사람들이 쓰러지는 이유를 모르고 두리번거렸지만, 상황을 파악한 황세령의 얼굴엔 긴장감이 가득한 상태였다.

'어떻게……'

순간, 소마와 눈이 마주친 황세령은 놀랍다는 표정을 지었다.

소마는 자신의 권역 밖에 있어 보호하지 못하고 있건만 권왕과 검왕도 주춤거리는 맹독에 아무 영향을 받지 않는 듯 멀쩡히 움직이는 것이다.

그녀가 조금 더 살폈다면 소마의 갑옷으로 미세한 검은 기운들이 흡수되고 있음을 알 수 있었을 테지만, 안타깝게도 그럴 만한 정신은 없는 상태였다.

"호오, 버티는 자가 있다니 놀랍군."

사람들이 강풍을 만난 들풀처럼 쓰러져 가고 있을 때,

어디선가 진심으로 놀랍다는 반응과 함께 일단의 무리가 나타났다.

"검왕과 권왕, 구파의 수장들. 저들은 그렇다 쳐도 그대는 누군가?"

미리 해약을 복용한 듯 아무렇지 않은 듯한 무리를 이끄는 자는 서른을 갓 넘겨 보이는 아주 젊은 사내였다.

"저자가 그자입니다, 교주. 노구완의 팔을 잘라 내고 천마강시를 패퇴시킨……."

"교주?"

대답은 곁에 있던 자에게서 나왔다.

이미 이긴 판이라 자신했는지 말을 하는 모양새가 어디서 온 자인지 확실히 드러났다.

"마교…… 네놈들이 독을 쓴 건가?"

한 걸음 한 걸음.

엄청난 위압감과 함께 다가오는 마교주, 당대 천마를 마주하며 소마가 살기를 피워 올렸다.

저들 때문에 소천과 소명이 큰 화를 당할 뻔했다. 그것도 자신이 곁에 있는 상태에서.

"……."

소마의 주위로 마나가 요동치자 천마도 멈칫 움직임이 한순간 멈췄다.

"그렇다. 하지만 아니기도 하지."

그러나 이내 씨익 미소를 지으며 다시 소마의 영역으로 한 발 내딛었다.

"무슨 뜻이지?"

"글쎄, 무슨 뜻일까?"

소마가 당장이라도 출수할 듯 엑셀리온에 손을 올렸지만 천마는 여유롭게 미소를 띄웠다.

"이런 독이 있다는 건, 우리도 정말 놀랐지. 참 재미있지 않나? 정파의 위선이란."

그 말에 소마는 어렴풋이 알 수 있었다.

마교에서 독을 쓰긴 했지만, 독을 만든 곳은 따로 있다! 그것도 정파 내부에!

어째서 멍청하게 적에게 이런 강력한 무기를 갖다 바쳤는지는 모르겠으나 지금 중요한 것은 이 상황을 모면하고 쓰러진 이들을 구하는 것이었다.

"더 재미있게 해 줄까? 강제 발동, 생츄어리!"

"⋯⋯?!"

화아아아아악!

천마가 한 걸음 더 걸음을 내딛는 순간, 황세령의 손에 있던 크루세이더에서 눈부신 빛과 함께 순수하고 신성한 힘이 뿜어져 나왔다.

인근 지역 일대를 성지로 만드는 최상위 신성 주문.

마기를 지닌 마교도들에게는 치명상을 입히고, 그렇지 않은 자에게는 치유와 정화의 힘을 깃들게 하는 최고위 신성 주문이 소마에 의해 강제로 발동했다.

물론 부족한 신성력을 메워 줄 매개는 황세령이었다.

황세령도 빨려 나가는 신성력에 처음에는 당황했지만 사람들의 혈색이 돌아오고 독이 정화되는 모습을 보며 집중해서 신성력을 더욱 쏟아부었다.

"허억, 허억."

생츄어리의 효과는 거기서 끝이 아니었다.

한 번 성지가 된 땅은 한동안 계속해서 신성한 기운을 머금으며 그 효과를 지속된다.

그 덕에 지금 주변은 하급의 마인이라면 땅에 다리를 붙이고 있기도 부담스러울 정도로 대지 가득 신성력이 충만했다.

"……역시 위험하군. '저 힘' 은."

하지만 천마와 마교도들은 버텨 냈다. 그 힘을, 정화의 기운을.

황세령의 신성력이 권역을 형성하고 축복을 내리기 위해 힘을 분산시킨 데 반해 그들은 마기를 집중시켜 자신을 보호한 탓이다.

북풍한설 앞에 촛불은 쉬이 꺼지겠지만, 지옥불을 머금은 악마가 있다면 주변의 눈이 녹아내리는 것과 같은 이치다.

마기의 천적이 신성력이듯, 신성력의 천적 역시 마기였다.

눈앞의 이들은 과연 그동안의 적들과 비교도 되지 않는 마교의 최정예라 할 만했다.

"쳇, 역시 안 통하는군."

소마는 그러할 것이라는 사실을 이미 예상하고 있었다.

그들의 전신에서 풍기는 마기 하나하나가 아직 완전 각성을 하지 못한 황세령의 신성력보다 결코 작지 않음이다.

오랜만에 전신이 긴장되는 기분을 느끼며 소마가 엑셀리온을 꾸욱 말아 쥐었다.

"천마여, 전면전을 원하는 것인가?"

그때 상태를 회복한 검왕과 권왕의 소마의 곁으로 내려섰다.

정마대전에서 전대 천마가 죽은 후 당대의 천마는 오늘 처음 보았지만 지금 그에게서 느껴지는 기운이 결코 자신들보다 아래가 아니었기 때문이다.

일촉즉발의 묘한 긴장감이 흐르는 가운데, 천마가 피식 웃으며 먼저 말을 꺼냈다.

"나는 너희 정파와의 전면전 따위를 두려워하지 않는
다."

"으음……."

검왕과 검왕이 침음성을 흘리며 내공을 서서히 끌어 올
렸다.

어쩌면, 오늘 여기서 뼈를 묻어야 할 것이다.

아니, 어쩌면 잘된 일이다.

전대의 천마도 십대초인이라 불리는 이들 중 다섯이 한
번에 나서고서야 겨우 패퇴시키지 않았던가?

지금 풍기는 기운을 보니 당대의 천마도 그리 되지 말
라는 법은 없었다.

차라리…… 목숨을 버려서라도 지금 싹을 잘라 놓는 것
이 나을지 몰랐다.

"홋, 긴장할 것 없다. 흥이 깨졌으니 오늘은 이쯤에서
봐주도록 하지."

"교주!"

"지금이 기회입니다!"

천마가 이죽거리며 느닷없이 변덕을 부렸다.

정말 변덕인 건지 수하들도 놀라는 기색.

"그만."

그들이 극구 만류의 말을 늘어놓았지만 천마는 한마디

로 그들의 반대를 막아 냈다.

마교에서 천마는 그야말로 신(神).

그가 결정한 일에 조언은 할 수 있어도 반대란 있을 수
없다.

"대신 저자가 이걸 받아 낸다면 말이다. 흥을 깨뜨렸으
니 스스로 그만한 흥을 돋궈 줘야겠지."

소마를 지목하는 그의 오른손으로 거대한 검은 기운이
맺혔다.

커지는가 싶더니 소용돌이치며 압축되는 검은 기운.

그 안에서 느껴지는 어마어마한 힘에 권왕과 검왕의 안
색이 파리해졌다.

저 정도 힘이라면 자신들이라 해도 전력을 다해야 막을
수 있을 힘이다.

"피하게."

소마가 나서지 않는다면 이곳의 모든 이들이 화를 입을
수 있음에도 검왕은 소마의 어깨를 짚으며 대신 내공을
끌어 올렸다.

자신과 권왕이 전력을 다한다면 어떻게든 시간을 벌 수
있으리란 생각이었다.

"그거 재밌겠네."

하지만 소마는 피식 마주 웃으며 스스로 나섰다.

검왕과 다른 이들을 위해서? 아니다.

그의 입가에 마주 피어오른 미소는 결코 꾸밈이 없는 순수한 것이다.

"한 번 던져 봐라."

거기서 끝이 아니었다. 소마는 한 술 더 떠 엑셀리온까지 역소환시켰다.

그가 맨손으로 쏘아 내는 기운이니 자신도 맨손으로 받겠다는 의지의 표현.

그 광오한 자신감에 천마의 눈썹이 꿈틀거렸다.

"자신만만한 놈이로군. 그 허세가 언제까지 계속될지 한 번 보도록 하지."

자신이 기운을 쏘아 내면, 분명 전력을 다해 피할 것이다.

그럼 오만의 대가를 치르게 해야지.

속으로 생각한 천마는 더욱 기운을 응축시키며 금방이라도 출수할 듯 손을 가볍게 뒤로 당겼다.

"이쪽도 준비해 보실까? 전투 모드, 봉인 해제."

좌라라락.

철컹.

소마의 명과 함께 베히모스의 마갑이 전신을 감싸며 제 형태를 갖추었다.

"호오?"

변형하는 갑옷이라니.

듣지도, 생각해 보지도 못한 기물의 등장에 모두가 놀랐지만 지금 중요한 것은 외형이 아니라 천마의 한 수를 받아 낼 수 있느냐, 없느냐였다.

"그럼 받아 보거라."

무음. 정적.

가공할 파괴력의 기운이 날아가건만 아무런 소음도 발생하지 않았다.

그래서 더 섬뜩했다.

"꼴깍."

이 순간, 가장 큰소리는 누군가의 침 삼키는 소리였다.

"젠장."

콰츠츠츠츠츳.

자신 있게 한 손으로 받아 내려던 소마의 입에서 욕지거리가 터져 나왔다.

폼 좀 잡아 보려고 했더니 느껴지는 물리력부터가 장난이 아닌 것이다.

타이탄 건틀릿을 발동해 물리력으로 막아 봐야 하나? 잠시 고민하던 소마는 발이 이 보 가량 밀리자 하는 수없이 두 손을 모아 눌렀다.

"큭, 드럽게 쎄네."

콰앙!

그 말을 끝으로 터져 나가는 기운을 감당 하지 못하고 소마의 몸이 튕겨져 나갔다.

"소마⋯⋯."

"대협⋯⋯."

한참을 날아가 보이지 않는 곳까지 처박히는 모습을 지켜보면서도 아무도 움직일 수 없었다.

지금 화를 참지 못하고 섣불리 행동해서는 소마의 희생이 물거품이 되고 만다.

황세령과 유화련은 차오르는 눈물을 꾹 참으며 달려가려는 소천을 억지로 붙들었다.

"약속대로 오늘은 물러나도록 하지. 소문에 비해 형편없는 녀석이었군."

그 모습을 비웃음 미소를 지으며 천마가 물러섰다.

"에고고, 삭신이야."

그때, 무너진 잔해로부터 귀신의 목소리가 들려왔다.

"소마⋯⋯?"

"소 대협!!"

"형!!"

무너진 잔해를 치우며 소마가 일어선 것이다.

앓는 소리를 하긴 했어도 그런 엄청난 강기공에 당한 주제에 먼지가 조금 내려앉은 것이 고작이었다.

그 모습에 천마의 뒤로 시립한 마교도들의 표정이 굳었다.

자신들조차 쉽게 막아 낼 자신이 서지 않는 공격을 받아 내고도 제법 멀쩡히 일어선 것이다.

아마도 내부는 진탕이 되었으리라 짐작하지만, 저런 평온한 척 연기를 할 수 있다는 것만으로도 어느 정도는 버틸 만하다는 뜻이다.

"재미있군."

"천마시여……."

어떻게 해서든 소마라도 제거를 해야 한다.

아직 어려 보이는 소마라는 싹을 지금 잘라야 한다는 본능적인 외침에 마교도들이 나지막이 천마를 불렀다.

"내 명을 거역할 참인가?"

"큽."

그러나 천마는 외려 그들을 강력한 살기로 옥죄었다.

이미 자신이 그들에게 약속을 한 까닭이다.

천마 역시도 막아 낼 수 없을 것이라 자신하며 쏘아낸 힘을 막아낸 소마가 궁금했지만 한 번 말을 뱉은 이상 다음 기회로 넘기기로 했다.

'그때까지 살아 있거라.'

과연 내부에도 위험한 적을 안은 채로 그때까지 버틸 수나 있을지는 알 수 없었지만 말이다.

"가자."

"존명!"

약속을 지키기 위해 천마는 몸을 돌리며 수하들에게 명했다.

그때, 천마를 잡아끄는 목소리가 들렸다.

"가긴 어딜 가? 이번엔 내 차례인데."

바로 소마였다.

스스로 물러서려는 천마를 일부러 잡아 세우다니? 죽으려고 환장이라도 한 것인가.

권왕과 검왕마저 황망히 소마를 쳐다봤지만 소마답게, 거침이 없었다.

"너도 한 번 공격했으니 나도 한 번 해야지. 그래야 진짜 재미있지 않겠어?"

"소마!"

"네놈이……!"

아군과 적군, 모두가 소마를 향해 소리쳤다.

오직 미소를 띠고 있는 것은 소마와 천마. 단 둘뿐이다.

"하하하. 기세가 등등하군. 좋다, 나도 너의 공격을 한 번 받도록 하지."

놀랍게도 천마는 그 말도 안 되는 요구를 수락했다. 그리고 보란 듯한 팔은 뒷짐을 지었다.

소마는 결국 양손을 모두 쓰고도 벽에 처박히고 말았지만 자신은 한 손으로 막아 내 힘의 차이를 입증하겠다는 뜻이다.

자존심이 상할 일이지만 소마는 개의치 않았다. 그것은 어디까지나 그의 자신감이고 자신의 일격을 받아 낸 뒤의 표정이 모든 것을 말해 줄 것이다.

"오냐, 가마!"

동시에, 소마의 몸이 그를 향해 일직선으로 뻗어 갔다. 내공을 모을 틈도 없는 부지불식간의 일이다.

"깃들어라, 거인의 오른팔!"

소마의 주먹으로 황금빛 기운이 몰려들었다. 천마강시도 날려 버린 포탄 같은 일격이다.

천마가 사용한 수법을 보면 마법을 사용해 복수하는 것이 옳았지만, 직접 공격을 감행한 것은 녀석의 얼굴에 주먹을 한 방 먹여 주고 싶다는 생각에서였다.

다들 자들에게는 무모한 도전처럼 보였지만, 정작 맞서는 소마는 모처럼 찌릿한 긴장감을 느꼈다.

경지에 오른 그에게는 소마의 오른팔로 모여드는 어마

어마한 기운이 느껴진 것이다.

펄럭.

덕분에 소매가 찢어질 만큼의 기의 폭풍을 만들어 내며
급하게 내공을 오른팔에 쏟아부었다.

"흐읍!"

"……"

이윽고, 소마의 주먹과 천마의 손바닥이 마주쳤다.

둘 사이의 대기가 비명을 지르며 갈라지고 터져 나갔지
만, 정작 맞선 두 사람은 그대로 정지하기라도 한 듯 멈추
어 선 그대로였다.

"젠장, 이놈도 괴물이었군."

먼저 입을 연 것은 소마였다.

공격이 무위로 돌아가자 빠르게 물러선 소마는 혼자 구
시렁 투덜거리며 주먹을 쥐었다 폈다 저릿한 손을 풀었다.

이 세계에도 대단한 강자들이 있다는 것은 알았지만,
타이탄의 힘을 물러서지 않고 맨손으로 받아 내는 자가
있을 줄은 상상도 못했다.

상대의 손에도 강대한 마나가 몰려든 것은 알았지만 어
쨌든 막았다는 것이 중요했다.

"이제 공평한가? 그럼 다음에 보지."

천마는 아무 일 없었다는 듯 애초의 의도처럼 수하들을

이끌고 돌아섰다.

그리고는 순식간에 경공을 펼쳐 사라져 버렸다.

"쩝. 그래도 통하긴 했네."

그들이 완전히 사라지고 나자 숨을 고른 소마가 나지막이 중얼거렸다.

소마는 분명히 보았다. 돌아서는 천마의 손이 파르르 떨리고 있는 것을.

"재미있는 녀석이야."

제26장

또 한 명의 십대초인

rporte moi wagon enle
moi fregate loin loi
ici la boue est faite
de nos pleurs - est i
vrai parfois que le
triste cœur d'Agathe
loin des remords des...

천마가 사라지고, 무림맹이 안정된 것은 그로부터 며칠이 지나고 난 후였다.

황당해하는 검왕과 권왕을 뒤로하고 소마는 숙소로 들어가 버렸고 남은 이들은 황세령을 도와 쓰러진 자들의 회복을 도왔다.

절정 이상의 고수들이야 비교적 빠르게 해독시킨 황세령의 능력 덕분에 약간의 내상으로 그쳤지만 일류 수준의 무인은 깊은 내상을, 그 이하의 무인들은 목숨이 위험할 정도의 중상을 입은 것이다.

가장 중요한 해독은 이미 끝났으니 부상의 경중에 따라

약당으로 옮기거나 그 자리에서 진기를 불어넣어 치료를
도왔다.

그 과정에서 황세령은 감춰 왔던 능력을 아낌없이 드러
냈다.

사람들의 목숨이 경각에 달린 상황에서 신성력을 감추
고 말고 할 수는 없는 것이다.

더구나 그녀의 힘은 이미 소마에 의해 본의 아니게 밝
혀진 상태였다.

과연 제정신으로 그 능력을 확인한 자가 몇이나 될까
싶긴 하지만.

어쨌든 결과적으로, 구함을 받은 이들은 무공의 고하에
상관없이 모두 그녀를 칭송하기 시작했다.

이름하여 무림의 신녀.

몇몇은 독에 당한 내상을 치유하는 과정에서 성스러운
땅의 기운을 받아 무공이 더 발전하기도 했기에 그 이름
은 날로 높아져 갔다.

그녀의 가문인 황룡상단의 명성과 영향이 더욱 커진 것
은 말할 것도 없는 일이다.

또한 소마 역시도 마교의 교주, 천마를 막아 낸 공으로
새로운 별호가 붙었다.

무림괴성.

새롭게 떠오른 별이기는 한데, 괴이하기 짝이 없으니 붙은 이름이다.

그리고 십대초인이라 불리던 이름 또한 십일대초인으로 개편되었다.

일제 삼황 오왕 일귀에 이은 일괴가 추가된 것이다.

물론 소마를 뜻하는 말이다.

노구완, 마굉자, 그리고 천마까지.

단 세 번의 전투만으로 소마는 무림을 대표하는 최강의 무인 중 한 자리에 당당히 이름을 올렸다.

"아…… 귀찮은데."

무척이나 영광스럽고 누구나 차지하길 욕망하는 자리건만 소마의 반응은 부정적이었다.

자리가 커지고 이름을 날리면 그에 대한 기대도 덩달아 커진다.

자신의 의지와는 상관없이 말이다.

덕분에 폭주한 드래곤을 해치우고도 고맙다는 소리 한 번 듣지 못하지 않았었나.

그것을 잘 아는 소마로서는 줘도 마다하고 싶은, 귀찮기·그지없는 자리일 따름이다.

"흐음."

덕분에 소마는 무림맹에서 달아나 버릴까 잠시 고민했

다. 이럴까 봐 무림맹에 소속되는 것은 피했지만 이제 그
들은 어떻게 해서든 자신을 옭아매려 할 것이다.

물론 그런다고 순순히 걸려들 소마가 아니지만.

"가시죠, 대협."

자신을 데리러 온 무사를 바라보며 소마가 찡긋 인상을
썼다.

무림맹 한복판을 마교가 휘젓고 간 굴욕적인 날이 있은
이후, 곧장 발호하여 무림을 휘젓고 다닐 것이라는 예상
과 달리 마교는 꽤나 조용했다.

마치 없던 일처럼.

그곳에 보여 두 눈으로 직접 목격한 사람들이 거짓말이
라도 한 듯이 그들의 흔적은 아주 깨끗했다.

그러니 조급해진 것은 오히려 무림맹이었다.

천마가 떠나 간 뒤, 곧장 마교의 발호를 중원 전역에
공표하고 정파 무림인들을 규합하기 시작한 무림맹의 입
장에서는 난처하기까지 한 일이 아닐 수 없다.

지금 소마가 끌려가는 자리는 그것에 대해 대책을 논의
하기 위한 자리였다.

본래는 구파와 오대세가쯤 되는 유력 가문의 장문인 이
상만 참석할 수 있는 자리이지만 십일대초인에 등극한 소
마이기에 참석이 가능했다.

마교가 발호하지 않아서 갖는 대책 회의라니, 웃기지
않은가?

당연히 거절한 소마였지만 오지 않으면 권왕과 검왕이
번갈아 비무를 신청하며 괴롭힐 거란 압박을 해 대는 통
에 어쩔 수 없이 참석을 하는 것이다.

"괴성, 소마님께서 도착하셨습니다."

괴성.

본인의 면전에서 부르기 다소 민망한 별호에 처음에는
다들 머뭇거렸지만 그런 것 따위 개의치 않는 소마이기에
이제는 스스럼없이 불러 대고 있었다.

"늦으셨군요."

드르륵 문이 열리자 각파의 장문인들과 맹을 이끄는 수
뇌들, 그리고 검왕과 황세령이 이미 앉아 그를 기다리고
있었다.

검왕은 십일대초인 중 한 명으로서, 황세령은 무림맹의
신녀라는 자격으로 자리에 함께했다.

"응?"

가만 보니 못 보던 얼굴도 있었다.

웬 낭인처럼 생긴 칼잡이가 귀퉁이에 검을 끌어안고 앉
은 것이다.

'젠장, 똥 밟았다.'

그와 눈이 마주친 소마는 직감적으로 느꼈다.

이자는 위험하다, 라는 것을.

아주 짧은 순간이었지만 그의 눈 속에서 느껴진 투기가 범상치 않은 것이다.

"모두 모이신 것 같으니 회의를 시작하겠습니다."

그때 다행히 군사의 직책을 맡은 제갈무기가 회의를 진행했다.

"모두 아시는 바와 같이 마교가 발호했습니다. 그런데 우리가 마교의 발호를 선호한 이후로도 약 보름이 지나도록 아무런 움직임도, 흔적도 드러나지 않고 있습니다. 세간에서는 잘못된 정보로 무림맹이 착각을 일으킨 것이 아니냐, 라는 이야기까지 나오고 있습니다. 그러나 우리는 압니다. 그들이 활동을 시작했다는 것을 말입니다. 이미 저기 계신 괴성께서 한 마을을 무덤으로 만들고 그들의 시체를 저주받은 강시로 이용한 마굉자를 패퇴시킨 것만 보더라도 그들의 준비가 상당 부분 마무리되었음을 알 수 있습니다."

웬일로 자신을 높여 주는 제갈무기를 보며 소마가 의외라는 표정을 지었다.

'그래도 공과 사는 구분할 줄 아나 보군.'

이름만 군사는 아닌 모양이다.

"……하여, 의견들 내주시면 감사하겠습니다."

"흐음……."

제갈무기의 일장 연설이 끝난 뒤, 누구도 선뜻 의견을 내는 사람이 없었다.

하기사, 그렇게 쉽게 해답이 떠오를 일이었으면 이렇게 모이지도 않았을 것이다.

"그들의 공격 의사가 명백하니, 우리 쪽에서 먼저 치는 것은 어떤가?"

어색한 분위기를 참지 못하고 황보세가의 가주가 나섰다.

남모르게 한숨짓는 제갈무기. 그러나 아무 표정 짓지 않으며 차분히 대꾸했다.

"명분이 없습니다. 이대로 우리가 먼저 공격을 감행한다면 제 2차 정마대전을 우리가 시작 한 것으로 기록될 수도 있습니다. 아마 우리말을 믿는 것은 그날 그 자리에 있던 얼마간의 사람들이 전부일 테지요."

"으음……."

답답하게도, 명분에 약한 것이 정파 무림이었다.

그들이 먼저 암습을 가한 것은 명백한 사실이었으나 무림은 넓고 목격자는 적었다.

더욱이 무림맹의 공표가 있은 후 아무런 조짐도 보이고

있지 않다.

지금 이 순간에도 마교에 대항하기 위해 각지의 무인들이 무림맹으로 투신하고 있지만, 자칫하면 그저 자신들의 이권과 기득권을 위해 억지로 2차 정마대전을 일으키려 한다는 오해를 불러일으킬 수 있는 것이다.

다시 장내가 침묵에 잠기고, 한참의 고민이 있은 후 누군가 은밀하게 말을 꺼냈다.

"명분이 부족하다면…… 만들면 되지 않소?"

"……?"

그 말에 소마만이 갸웃거릴 뿐 모두 알아듣는 모양이었다.

그리고 뭐가 불안한지 낭인 같은 사내의 눈치를 살폈다.

"……."

그가 반응이 없자 조심스레 제갈무기가 말을 받았다.

"가짜 마교도를 만들자는 말씀이십니까?"

"험험, 꼭 그렇다기보단 흔적이라든가……."

온당하지 못한 일을 직접 제시하기엔 부담스러웠는지 그는 얼굴을 붉히며 말을 돌렸다.

그러나 그 자리에 있는 모두가 알고 있었다.

그가 말한 것이 가짜 마교도, 가짜 마인을 만들고 처단하여 명분을 만들자는 것임을.

그에 따른 무고한 희생하자 나올 수도 있겠지만, 그것 마저 최소화하자면 이미 악명을 떨친 자들을 대상으로 할 수도 있었다.

마교에서 부인한다 해도 상황은 이미 벌어졌고, 만들어진 증거와 피해자가 있는 상황에서 범죄자의 말을 들어 줄 이는 아무도 없다.

"그런데, 그럴 필요가 있나?"

한참 그에 대한 소극적 논의가 이어질 때쯤, 소마가 의아하게 물었다.

'적에게 누명을 씌우는 방법은 정의롭지 못하니 안 된다!' 라는 것이 아니라 굳이 그럴 필요가 있는지에 대한 의문이 든 것이다.

대뜸 반말이 튀어나왔음에도 새롭게 생긴 그의 지위 때문에 누구도 토를 달지 못했다.

"뒤져 보면 많이 나올 것 같던데."

"······?"

알 수 없는 이야기에 모두의 시선이 소마에게로 쏠렸다.

비록 그가 괴상한 말과 행동을 즐겨 한다지만 따지고 보면 허투루 행한 일은 그다지 많지 않다는 것을 그들 모두 아는 것이다.

가볍게 어깨를 으쓱인 소마는 대수롭지 않게 다음 말을 이었다.

"그 마공이라는 걸 익힌 자들이 이미 많은 것 같던데…… 굳이 따로 만들고 꾸밀 필요가 있나 싶군."

"마공을 익힌 자가……."

"……이미 많다?"

간단히 말했지만 그 말이 가져온 파장은 결코 작지 않았다.

마공을 익힌 이상 정파의 무리에 언제까지고 섞을 수는 없을 것이기 때문이다.

제2차 정마대전이 벌어졌을 시 마공을 익힌 자는 자연스레 마교의 쪽으로 붙을 것이고, 그렇게 되면 정파는 뒤통수를 맞는 격이 된다.

얼마나 대단한 마공일지는 모르지만 그런 배신자가 나왔다는 사실 자체만으로도 사기는 저하되고 혼란은 가중될 것이 분명했다.

"자세히 말씀해 주시겠습니까?"

제갈무기가 살짝 떨리는 목소리로 소마에게 되물었다.

그만큼 중대하고 충격적인 사실이기 때문이다.

"어렵지 않지."

소마는 여전히 팔짱을 풀지 않은 채로 담담히 말을 이

었다.

"여기저기 다니다 보니 마기를 어설프게 감춘 자들이 종종 보이더군. 아주 높은 수준에 올라갔다면 알아채기 힘들었을 테지만, 대단하지 않은 자들이 대부분이긴 했어. 굳이 표현하자면 원래의 무공이 이류나 일류 정도의 수준이랄까?"

유람을 다니며 얼핏얼핏 느껴졌던 감각에 대한 이야기를 했다.

대홍파와의 일이 있은 이후 흑마력에 대해 조금 더 신경을 썼던 것이다.

하지만 굳이 그들을 찾아내고, 처치하지는 않았다.

자신은 유람 중이었으니까.

당장 그들 문제를 일으키는 것도 아니었고 말이다. 또한 경험상 흑마력을 사용한다 해서 반드시 나쁜 놈이라는 보장은 없었다. 모든 일에는 각자의 사연이 있는 법이니까.

실제로 신성력을 쓰는 나쁜 놈도 많고 흑마력을 쓰는 착한 놈들도 많았다.

리치만 하더라도 본래는 마법사였다가 단순히 진리의 끝을 추구하기 위해 수명을 늘리기 위해 스스로 언데드가 된 자들이 태반이지 않던가?

물론, 흑마력 그 자체가 사용자의 정신에 좋지 않은 영향을 미치기는 했다.

문제는 흑마력을 지배하느냐, 흑마력에 지배당하느냐였다.

"그렇다면 어째서 그들을 그냥 둔 것 입니까?"

제갈무기가 눈을 가늘게 치뜨며 물었다.

그의 말을 의심하는 것이 반, 만약 옳은 말이라도 마인을 그냥 두었으니 혹 그들과 모종의 관계라도 있는 것이 아니냐는 의심이 반인 물음이다.

마인은 곧 사악한 자로 귀결되는 무림이기에 가능한 논리였다.

또한 고수가 무조건 자원봉사하듯 그들을 척결해야 한다는 이상한 논리가 끼어 있기도 했다.

"내가 왜?"

"왜라니, 당연히……."

그러니 생각의 틀이 다른 소마와 말이 통할 리 없다.

"내가 왜 그들과 싸워야 하지? 멀쩡히 잘살고 있던데 왜?"

"그들은 마인이고, 언제든……."

"그러니까, 내가, 왜?"

차분히, 그리고 당당하게 따지는 소마에게 제갈무기도

할 말을 잃었다.

　나름의 논리를 만들 수는 있지만 생각해 보면 누구도 소마에게 행동을 강요할 권리는 없는 것이다.

　사문이라도 있거나 정파 무림에서 칼밥을 먹었다면 그 핑계라도 대겠건만 소마는 스스로를 무림인이 아니라 칭하고 있고, 정파 무림에 진 빚도 없거니와 오히려 해 준 것이 많은 입장이었다.

　별호를 얻고 무림 십일대초인에 이름을 올렸다? 그것이 언제 소마가 원하기나 한 일인가? 호사가들이 제멋대로 붙은 이름이고 얹은 책임이지 않은가?

　자리에 모인 사람들은 꽤나 심기가 불편했지만 마땅히 대꾸할 수가 없었다.

　"그것을 어떻게 증명할 수 있겠나?"

　다시 말을 꺼낸 것은 검왕이었다.

　소마에게 우호적인 그였기에 그를 탓하거나 불신하는 것은 아니지만, 사안이 사안인 만큼 말을 꺼낸 것에 대한 증명이 필요한 것이다.

　"댁들은 무리겠지만…… 나는 알 수가 있죠. 굳이 신체 접촉을 하지 않아도 상대의 내공의 양과 성질까지 대충 알 수가 있거든요."

　자칫 자존심이 상할 수도 있는 말이지만 다들 '익힌 능력의 성질'이 다른 것으로 받아들였다.

자신이 소마보다 약하다는 사실을 부정하고 싶기 때문이기도 했다.

"그렇다면 괴성께서 직접 나서지 않고는 마공을 익힌 자들을 색출해 내기 어렵다는 말입니까?"

"그랬지."

제갈무기의 물음에 소마는 과거형으로 답했다.

과거에는 그러했을지 모르나 이제는 아닌 것이다.

"……?"

"이제는 저 아이가 있으니 굳이 내가 나설 필요는 없을 것 같은데?"

소마가 가리킨 것은 다름 아닌 황세령이었다.

회복과 정화의 능력을 지닌 것이 파악되기는 했으나 뛰어난 의원 정도로 여겨지던 그녀를 모두가 다시 보게 된 것이다.

"아이야, 괴성의 말이 맞느냐?"

자신에게 집중된 무림 최고수들의 시선이 부담스러웠는지 쭈뼛거렸지만 황세령은 천천히 고개를 끄덕였다.

이번 일을 겪으면서 조금 더 힘을 각성한 그녀의 능력과 감각은 이제 '어둠'에 대해서만 소마의 수준까지 올라선 것이다.

그리고 지금 소마의 말들을 이해할 수 있었다.

그날 그녀가 치료한 자들 중에도 한둘은 비정상적으로 어둠의 기운을 품고 있어 치료하면서 함께 정화시켜 버린 기억이 있었다.

치료가 길어지고 어려워진 것에는 그런 이유들이 있었다.

그때는 잘 모르고 지나갔지만 나중이 되니 그것이 '마기'이고, 그들은 마공을 익힌 마인들이라는 것을 깨닫게 되었다.

"저분의 말씀이 맞습니다. 그날 치료한 사람들 중에도 마기를 품고 있는 자들이 있었어요. 지금은 모두 마기를 잃었을 테지만……."

그녀의 증언에 방 안은 충격에 휩싸였다.

이미 마교가, 마공이 무림 곳곳에 침투했다니.

힘을 회복하지 못한 것으로만 여겼던 그들이 벌써 오래전부터 그런 사전 작업을 해 두었다니.

섬뜩함마저 들지 않을 수가 없었다.

당대의 천마가 전대 천마만큼의, 어쩌면 그 이상의 힘을 지녔다는 것만큼이나 충격적인 이야기였다.

힘을 추구할 수밖에 없는 무인의 특성상 한순간 강해질 수 있는 마공에 대한 유혹은 깊을 수밖에 없었다.

어쩌면 자신의 문자에도 마공을 익힌 자가 있을지 모를
일이다.

그것이 마교의 수작이든, 정마대전 시기 흘러들어온 마
공의 비급을 통해서든 말이다.

어차피 혼란을 일으키는 것이 목적이라면 굳이 충성을
약속받을 필요도 없었다.

그저 마공 비급을 흘려 스스로 익히도록 유혹하는 것이
오히려 더 효과적일 수 있었다.

꼭 제대로 된 비급일 필요도 없다. 일정 수준에 오르면
스스로 폭주하도록 불완전한 비급을 뿌리는 것만으로도
족했다.

관리할 필요도, 성취를 봐 주어야 할 필요도 없는 얼마
나 편한 방법인가?

모두의 안색이 파랗게 질려 갔다.

"그렇다면 일단은…… 그들을 색출해 내는 것이 먼저이
겠군요."

결국 모든 일에 앞서 마공을 익힌 자들을 찾아내는 것
을 최우선 과제로 결정했다.

하지만 문제가 있었다.

그들을 확인할 수 있는 사람이 소마와 황세령뿐이라는
것이다.

물론 몸 안에 진기를 흘려 확인해 보면 알 수 있을지도 몰랐지만 수만, 수십만은 될 전국 각지의 무림인들을 모두 줄 세워 확인해 볼 수는 없는 노릇이다.

또한 내공의 근원을 파악해 볼 수 있는 그런 짓을 모두가 쉽사리 용납하리라 기대하기도 어려웠다.

반발이 있거나, 협조적이지 못할 수 있다는 것이다.

그들은 황실이 아니다.

법으로서 강제할 수도 없다는 뜻이다.

다시금 침통해지는 분위기에 회의를 빨리 끝내기 위해 소마가 귀를 후비며 말을 꺼냈다.

"굳이 일일이 파악할 필요는 없지."

"그럼……?"

"신성력을 나누어 담는다면 확인 정도는 어렵지 않다."

소마가 제시한 방법은 황세령의 신성력을 어떤 물건에 나누어 담는 것이다.

신성력을 이용한 일종의 아티펙트를 만드는 것.

덕분에 귀찮은 작업이 필요해지겠지만 등 떠밀려 각지를 돌아다니는 것보단 낫다고 판단한 것이다.

"예를 들어 이런 것이지."

소마의 품에서 작은 구슬 하나가 꺼내졌다.

작은 수정일 뿐인데 맑고 영롱한 기운이 뿜어진다.

신성력이 깃든 구슬이었다.

"일반적인 내공을 지닌 자가 잡는다면 아무 반응이 없겠지만, 마기를 지닌 자가 잡을 경우 반발을 일으킬 것이다. 뭐, 이 구슬을 속일 만큼 대단한 능력을 지닌 자라면 어쩔 수 없겠지만."

일종의 탐지기 역할을 할 수 있다, 라고 말하고 있었다.

그저 쥐는 것만으로도 마인인지 여부를 확인할 수 있다니, 놀라운 신물이다.

마음까지 맑아지는 듯한 물건을 쥐기 꺼려 하는 자라면 그 자체로도 의심을 사겠지.

이런 물건이 많다면 전국에서 동시다발적으로 마인을 색출하는 것이 어렵지만은 않을 것이다.

물론 그 수가 정말 많아야 하겠지만.

그렇지만 어차피 마인이 등장했을 때 피해 없이 제압하기 위한 고수의 숫자에도 한계는 있다.

그것을 생각하면 필요한 구슬의 숫자도 어마어마하지만은 않을 것이다.

귀찮은 것을 싫어하는 소마가 그 정도까지 협조를 할지도 모를 일이지만.

"이것을…… 대량으로 만드는 것이 가능하겠습니까?"

그것을 염려했는지 제갈무기가 곧장 물었다.

"그거야 저 아이에게 달렸지."

다시 한 번 황세령에게로 모두의 시선이 쏠렸다.

정작 당사자는 알 수 없다는 표정이었지만.

"그 힘이 적용되는 물건을 만들어 낼 수만 있다면 저 아이가 기운을 불어넣기만 하면 되는 일이니까."

역시나, 소마는 그런 귀찮음을 스스로 감수할 생각이 없었다.

그저 신성력이 깃들 수 있는 마법진을 전하려는 것이다.

그것을 어떤 물건에, 얼마나 정교하게 새기는 가는 무림맹의 몫이다.

아마도 실력 좋은 세공사나 대장장이라면 어렵지 않게 흉내 낼 수 있을 것이다.

이후는 황세령이 신성력을 담기만 하면 되었다.

그 사이 양피지와 펜을 꺼내 마법진을 쓱쓱 그려 낸 소마는 도안을 가볍게 탁자 위로 밀어 놓으며 다시 입을 열었다.

양피지와 펜이라는, 새로운 문물이 신기하기는 했지만, 지금 그런 것을 따질 상황은 아니었다.

"꼭 구슬일 필요도 없지. 휴대하기 좋은 물건에 일정한 깊이로 이걸 파내고 신성력을 담으면 된다. 얼마만큼의 힘을, 얼마나 압축해서 담느냐가 문제이긴 하겠지만, 적당히 만들어도 몇 달쯤은 효과가 유지되겠지."

무림 신물이라 할 만한 물건을 만들어 내는 일임에도 소마는 대수롭지 않게 이야기했다.

"……확인해 보도록 하겠습니다."

제갈무기가 그 양피지를 품에 챙겨 넣었다.

이제 무림맹은 실력 좋은 세공사와 대장장이를 찾을 것이고, 저 그림이 새겨진 물건들을 생산해 낼 것이다.

만약 효과가 있다면 대량 생산에 들어가겠지.

그리고 무림맹 내부에 흘러 들어온 이들을 시작으로 중원 각지에서 마인 색출 작업이 시작될 것이다.

아마도 구파와 이름난 명문들부터 시작되겠지만 이후 그들의 주도하에 지역의 모든 문파와 무가, 무관을 대상으로 확산될 테고, 무림맹에 대한 의심은 깡그리 사라질 것이다.

마공 중에서도 사람들의 피로 연성하는 것은 극히 드물었지만, 그들이 무슨 짓을 했건 안 했건 마인은 그 자체로 사람들의 공분을 사기 때문이다.

일단, 오늘의 회의는 거기에서 마무리되었다.

다음 회의는 소마가 내놓은 마법진을 새긴 물품들의 생산과 작동 여부에 따라 결정될 것이다.

덕분에 비교적 일찍 회의에서 탈출할 수 있던 소마는 곧장 방을 빠져나왔다.

더 지체하다가 무슨 일로 붙들려 귀찮아질지 알 수 없기 때문이다.

'슬슬 떠나야 하나?'

점차 귀찮은 일만 늘어가는 것을 생각하며 소마가 다름 유람지에 대해 고민할 때쯤, 누군가 뒤따르고 있는 기척이 느껴졌다.

"응?"

낭인처럼 보이던 사내였다.

방안에 있던 모두가 불편해하고, 소마가 불길함을 느끼게 한.

"네가 괴성인가?"

다시 눈이 마주치자 낭인은 누런 이를 드러내며 소마에게 물었다.

"그렇다고들은 하던데…… 누굽니까? 당신은."

두 눈 깊숙한 곳에서 느껴지는 범상치 않은 투기에 소마도 경시하지 못하고 물었다.

"그건 알 것 없고……."

그러자 사내가 답했다.

"일단 한 판 붙자."

"……!!"

소마는 그제야 깨달았다.

자신의 불길함이 들어맞았다는 것을.

그에게서 순간적으로 뿜어져 나오는 기운이 결코 검왕의 아래가 아닌 것이다.

"어쩐지 빨리 튀고 싶더라……."

사내의 이름은 차일백.

강자와 싸우는 것을 무엇보다 좋아해 투귀(鬪鬼)라 불리는 또 다른 십일대초인 중 하나였다.

"안 오면…… 먼저 간다."

까강!

소마가 주춤거리는 사이 눈부신 투귀의 발검이 이어졌다.

급히 엑셀리온을 들자 손목이 욱신거릴 엄청난 충격이 느껴졌다.

그럴 리는 없지만 엑셀리온의 날이 상하지는 않았는지 걱정까지 들 정도.

그러나 소마는 알았다. 이번 공격은 그가 장난친 것에 불과하다는 것을.

빠르고 강한 공격이기는 했지만 강기급의 내공이 실리지는 않은, 그저 순수한 발검에 불과했다.

그래서 미치고 팔짝 뛸 일이다.

"젠장. 전투 모드, 봉인 해제!"

진심으로 하지 않는다면 목이 달아날 것이란 것이 느껴지자 소마는 지체 없이 전신 아티펙트의 봉인을 해제했다.

당장 느껴지는 투기와 눈빛만 봐도 이자는 서슴없이 상대의 목을 치고도 남을 자였다.

"요즘 들어 자주 이 모습이 되는군."

지금의 모습을 별로 좋아하지 않는 소마는 작게 투덜거렸다.

"그게 소문의 변신인가 보군."

그동안 투귀는 씨익 만족스러운 미소를 지었다.

갑옷 따위, 무림인에게는 어울리지 않는다고 생각했는데 어째서인지 저 갑옷은 보는 것만으로도 피가 들끓고 묘한 긴장감을 불러일으켰다.

오랜만에 재미있는 싸움이 될 것 같다.

"대단한 권을 가지고 있다고……?"

투귀는 다짜고짜 타이탄 건틀릿의 개방을 강요하고 있었다.

천마가 받아 냈다는 거력의 권을 직접 받아 보고 싶은 모양.

잠시 머리를 굴린 소마는 그것이 기회임을 알아챘다.

피하지 않고 직접 받아 낼 생각인 듯하니, 시간 끌 것 없이 한 방에 끝내려는 것이다.

그래서 체면, 자존심, 상대에 대한 배려.

그딴 것 따지지 않고 곧장 주먹을 뻗었다.

"한 번 막아 보시든가! 깃들어라, 거인의 오른팔!"

순간, 소마의 오른팔이 금빛으로 부풀어 올랐다.

"놀랍군, 놀라워!"

그에 투귀는 기뻐했다.

소마를 중심으로 몰아치는 대기의 폭풍이 그의 등줄기를 오싹하게 만든 것이다.

"하지만 나도 한 주먹 하지!"

그러나 물러섬은 없었다.

자신도 내공을 잔뜩 끌어 올리며 주먹을 마주 뻗어 낼 뿐이다.

퍼엉, 펑, 펑!

두 주먹이 맞부딪히며 천마 때와는 또 다른 양상을 만들어 냈다.

강대한 두 힘이 부딪히자 주변의 공기들이 터져 나간 것이다.

'이겼다!'

공기가 찢어지고 폭발하는 소음 속에 투귀의 주먹이 점

차 밀려 나갔다.

그의 권은 타이탄의 힘을 이겨 내지 못한 것이다.

그 모습에 소마는 속으로 쾌재를 불렀다. 잘하면 이 한 방으로 싸움이 끝날 수도 있었다.

"으아압!"

그때 투귀의 권이 빠르게 물러났다.

버텨 봐야 이길 수 없다는 것을 알아채고 팔이 빠지기 전에 주먹을 회수한 것이다.

"미친놈!"

그 대신, 소마의 주먹을 머리로 힘껏 들이받았다.

밀린 것은 어쩔 수 없지만 지지는 않겠다는 의지였다.

덕분에 발생한 이 차 충격에 소마와 투귀의 몸이 동시에 튕겨져 나갔다.

일 장 여를 튕겨져 땅에 내려앉은 소마는 질렸다는 표정으로 투귀를 바라봤다.

살짝 피가 배어 나오는 이마를 웃으며 쓱쓱 문지르는 투귀.

자신도 독종 소리는 많이 들었지만 이런 미친놈은 소마로서도 처음이었다.

"이걸 천마란 놈은 받아 냈단 말이지?"

골이 흔들리는 충격을 받았을 텐데도 투귀는 오히려 천

마에 대한 호승심까지 피워 올렸다.

어떤 의미에서는 천마보다 위험한 상대임에 틀림없다.

"자, 이제 검을 볼까?"

"에라, 모르겠다!"

청색으로 빛나는 그의 검을 보며 소마 역시 엑셀리온에 최대 출력의 금빛 기운을 뽑아 올렸다.

〈『소마불패』 제4권에서 계속〉